loqueleo

HISTORIA SOBRE UN CORAZÓN ROTO... y tal vez un par de colmillos
D.R. © del texto: M. B. Brozon, 2001
    Facebook: M. B. Brozon
    Twitter: @mbbrozon
D.R. © las ilustraciones: O'Kif, 2002
Primera edición: 2004

D.R. © Editorial Santillana, S.A. de C.V., 2016
    Av. Río Mixcoac 274, piso 4
    Col. Acacias, México, D.F., 03240

Segunda edición: enero de 2016

ISBN: 978-607-01-2921-6

Published in The United States of America
Printed in USA by P.A. Hutchison Company
20 19 18   2 3 4 5 6 7 8 9

www.loqueleo.santillana.com

Historia sobre un corazón roto...

y tal vez un par de colmillos

M. B. Brozon

Ilustraciones de O'Kif

loqueleo

Cualquiera podría suponer, por el título, que ésta es una historia de amor. ¿Por qué empezar entonces con el principio de la vida?

Aclaro, no quiero hacer aquí un discurso sobre EL PRINCIPIO DE LA VIDA, todo con mayúsculas, el cual no he acabado de entender y creo que nunca acabaré. Me referiré en concreto al principio de *mi* vida. Lo que quiero contar tal vez no tenga mucho que ver con el principio de mi vida, y menos con lo que pasó casi quince años antes de tal principio. Pero por ahí dicen que la vida es una cadena de acontecimientos que se relacionan entre sí, necesariamente. Alguna vez leí un ensayo de un tipo que hablaba de todas las circunstancias que habían tenido que coincidir para que a fin de cuentas sus padres se conocieran y él fuera concebido. Se remontaba el asunto hasta la época de los dinosaurios, y al final del ensayo, el autor concluía que, probabilísticamente, su existencia era imposible.

Y si la existencia del tal ensayista era imposible, yo tendría que agregar una circunstancia extra que haría mi propia existencia un poco más que imposible.

Pero, evidentemente, la teoría de las probabilidades debe funcionar distinto, y prueba de ello (y de mi existencia, claro) son estas líneas.

Sin embargo, es posible que el principio de mi vida y lo que ocurrió en él haya sido la causa de la consecuencia que es esta historia.

Tal vez no.

Pero, de todos modos, fue un principio divertido.

1

Si no hubieran asesinado a John F. Kennedy, es probable que yo no estuviera escribiendo esto.

Me explico:

Aquel día mi tío Manuel, el primo de mi mamá, le llamó para pedirle que lo acompañara a una cita. Iba a presentar a dos amigos suyos, la Güera y Esteban, y no le gustaba mucho la idea de hacer mal tercio. Mi madre era una jovencita soltera que no tenía una vida social precisamente vertiginosa, así es que a falta de un mejor quehacer, aceptó completar el cuarteto.

Cuando mi tío Manuel pasó por ella, ya venían en el asiento de atrás Esteban y la Güera. Se dirigieron a una fuente de sodas, o alguno de esos lugares que se estilaban entonces, y mientras bebían malteadas y platicaban del clima, de los Beatles, o qué sé yo realmente de qué platicaban, una televisión que había en el lugar les dio la noticia: acababan de asesinar a John F. Kennedy.

A mi mamá, a mi tío Manuel y a Esteban les causó la impresión que a cualquier persona normal le causa saber que acaban de asesinar al presidente del que ya desde entonces era el país más poderoso del mundo. O sea, bastante, pero sin llegar al extremo de un colapso. Sin embargo, la Güera fue presa de un ataque de histeria similar al que debe haber sufrido Jackie. Con desmayo y todo. Así es que mi tío Manuel fue quien tuvo que regresarla a su casa a llorar en soledad, pues, aunque Esteban era su pareja en esa cita, era la primera, y calcularon que aún no le correspondían esas atribuciones. Esteban y mi mamá, quienes no se conocían y tampoco fueron tan sensibles a la noticia, se quedaron en el lugar terminando sus espesos brebajes. Platicaron, descubrieron que se gustaban y que, además, vivían en la misma colonia. El tío Manuel ya no regresó.

Esteban es mi papá.

En 1968, Esteban y Carmen, mis papás, se casaron. Se fueron de luna de miel a Acapulco y se abocaron de inmediato a la fabricación de mi hermano Luis Esteban, que nació el 6 de marzo de 1969. No conformes con ello, continuaron rápidamente con sus labores reproductivas y el 6 de marzo de 1970 nació mi hermana Carmen. (Mis papás, evidentemente, no se rompieron la cabeza para escoger los nombres.) En realidad no sabemos si mi hermana nació exactamente en esa fecha o mis papás decidieron suscribirla para ahorrarse una fiesta.

Pasaron siete años para que mis papás decidieran que con esos dos tenían suficiente descendencia. De manera que lo platicaron y tomaron la resolución de que mi papá se hiciera la famosa operación de control natal permanente.

Dos meses después mi madre notó que su organismo no presentaba el comportamiento periódico normal que debía presentar. Muy extrañada, claro está, fue y se hizo el examen. Al día siguiente el papelito aquel le dijo que estaba embarazada. Esto pudo haber convertido a mi padre en un Otelo furioso y ocasionar un caos marital, pero él, tranquilo, racional y pragmático como siempre, fue a reclamarle al autor de la operación de sus conductos deferentes. La explicación fue bien simple: mis papás se apresuraron a festejar la operación. El doctor debió haberles dicho que era necesario esperar a que los citados conductos se vaciaran.

Qué bueno que se ahorró esa información. Qué bueno que mis padres tenían la costumbre de festejar las cirugías.

Siete meses después, el 28 de diciembre de 1978, vine a dar al mundo, con el mismo aspecto de tamal coreano que suelen presentar todos los recién nacidos.

El doctor entró al cuarto cuando mi mamá estaba todavía medio ida por la anestesia. Llevaba un bulto en sus manos envuelto en una cobija.

—Aquí está su hijo —dijo sonriente.

Casi puedo imaginar la tierna mirada de mi madre ante su pequeño y extemporáneo hijito, convertida en un rictus de horror cuando el médico dejó caer el bulto al suelo y dijo: "Ay, perdón". Después, empezó a reírse y levantó del suelo el bulto que no era yo, sino un muñeco de trapo.

Son las desventajas de dar a luz en el Día de los Santos Inocentes para la madre víctima de doctores jocosos y también para el hijo. Cada vez que digo la fecha de mi cumpleaños es inevitable la exclamación:

—¡Aaaaaay, eres inocente!

O aún más mal intencionadas:

—Dile a tu mamá que para broma fue de muy mal gusto.

Y eso último sí molesta. Más molesta cuando uno se ha enterado de su origen que, en verdad, parece broma y que los condenados de mis hermanos tuvieron a bien confesarme durante alguna de aquellas noches donde aflora la sinceridad.

Yo, después de mucho meditarlo, establecí una respuesta estándar para decírsela a todo aquel que se burle o se sorprenda con mi historia:

—Mira —digo—, todos los demás quién sabe, pero lo que es yo, algo vine a hacer a este mundo.

Creo que es cierto. Y, sin embargo, no fue nada fácil irrumpir en una familia para ser, como el más chiquito, el consentido de los papás y, en consecuencia, el receptáculo

de los celos infantiles de dos hermanos que, a pesar de sus nueve y ocho años respectivamente, aún eran muy inmaduros y se sentían menospreciados porque de pronto, la atención íntegra de todos los miembros de la familia, amigos y vecinos se centraba en "el bebé".

No fue un buen comienzo, pero me imagino que debe haber sido fácil cuando yo era muy pequeño y me pasaba el día echado en la cama tomando biberones, sin preocuparme de mis hermanos y sus conflictos existenciales. Lamentablemente esa etapa no ha quedado registrada en mi memoria.

Lo difícil vino después, cuando mis hermanos confundieron el asunto y pensaron que mis papás, en vez de darles un hermano, les habían dado un *bell-boy*.

"Sebastián, tráeme agua", "Sebastián, abre la puerta", "Sebastián, contesta el teléfono". Estoy seguro de que el único infante de mi generación que comprendía perfectamente a la Cenicienta era yo. Incluso hay una anécdota que aún se cuenta en todas las fiestas y convivios, familiares o no:

Mi hermano estaba en una reunión con sus amigos, que supongo que eran una bola de burgueses y todos hablaban de sus televisores con control remoto, que entonces eran una novedad que aún no había entrado en mi casa. Pero de pronto mi hermano dijo:

—Yo tengo un control remoto que responde al sonido de la voz.

Los demás se quedaron perplejos y pensaron que en casa éramos poseedores de la tecnología más avanzada, hasta que Luis Esteban continuó:

—Sí, sólo tengo que decir: "Sebastián, cámbiale".

Cada vez que se cuenta, las carcajadas afloran de los oyentes; y de mí, el recuerdo de mi servicial pasado.

No fue tan malo desde el día que descubrí que los favores se pueden cambiar por dinero u otro tipo de bienes.

—Está bien, voy por las cocas, pero me compro unos pingüinos.

En general no me puedo quejar. A pesar de que la brecha generacional con mis hermanos era entonces casi insalvable, tenía dos opciones entre las que dividía mi tiempo: la televisión y Angelito. La televisión nunca me gustó mucho, además, implicaba la vespertina y eterna discusión con mi hermana, sobre qué era mejor, *Los Picapiedra*, que era lo que me gustaba a mí, o *Mundo de juguete*, que era lo que le gustaba a ella. Mi hermana siempre ha tenido sobre mí la autoridad que le confiere la edad. En ese entonces también tenía una superioridad importante en cuanto al físico, así es que no le costaba ningún trabajo descontarme. Claro que yo era lo suficientemente listo (o cobarde) como para no llegar a ese extremo. Por ello, en mi currículum televisivo, claro, se encuentra *Mundo de juguete*. Incluso sería honesto confesar que acabé esperando los capítulos con cierto interés.

Una tarde mi papá llegó temprano, nos encontró a Angelito y a mí aventando bolitas de papel de baño mojado a los coches que pasaban y, en aras de alejarnos de ese malsano hábito, después de regañarnos un rato, intentó enseñarnos a jugar ajedrez. Yo aprendí un poco; Angelito, nada. Mi papá rápidamente decidió que no tenía la suficiente pericia pedagógica para ello y me emboletó la tarea. Pero Angelito nunca aprendió a hacer, ya no digamos una jugada, ni siquiera los movimientos elementales.

Angelito era el único a quien yo podía hacer cómplice de mis aventuras, y aunque fue incapaz de aprender los secretos del ajedrez, siempre fue una buena compañía, sobre todo porque nunca le importó ser el antagonista en nuestros juegos, así es que durante los años que fuimos amigos, a Angelito le tocó representar a Lex Luthor, al Acertijo, a Cascarrabias y, las más de las veces, a Darth Vader.

Sucedió después que la situación económica de la familia de Angelito mejoró notablemente y se mudaron a una casa grande en el Pedregal. Angelito y yo seguimos llamándonos por teléfono durante algún tiempo, pero poco a poco esas llamadas se fueron espaciando hasta desaparecer por completo. Es triste lo que pueden hacer el tiempo y la distancia, pues aunque el Pedregal no quedaba tan lejos del edificio donde yo seguía viviendo, mis posibilidades de desplazamiento eran muy limitadas. Angelito fue realmente mi primer amigo, y no volví a saber nada de él.

Sin Angelito alrededor, yo daba la pinta de niño solitario y taciturno. Y sí, así me comportaba, pero no porque fuera parte esencial de mi carácter, sino porque no tenía otro remedio. Me la pasaba inventándome quehaceres en el edificio, a ratos iba al Parque Hundido, del cual sólo me separaban dos cuadras. Pero nunca fui bueno para aquello de la socialización. Generalmente los demás niños iban al parque en bola, y llegar con un grupo a pedir que me integraran es algo que jamás fui capaz de hacer, y sigo sin serlo hasta la fecha.

Sí. Acepto que mi papá me dijo lo del violín. Eso fue cuando yo tenía siete años. Pero lo recuerdo como si hubiera sido hace una semana. Era, precisamente, mi cumpleaños. Y como sucedía en todos ellos, se presentó la fecha a fines de diciembre, cuando todos mis amigos estaban de vacaciones, lo cual daba la posibilidad de hacer una fiesta a la que sólo hubiéramos asistido mis hermanos y yo. Y eso nunca me sonó muy atractivo. Entonces, como siempre, nada de fiesta, ése fue un día más de diciembre, y sólo me hablaron para felicitarme mis abuelos y mi tía Sarita, que vive en Sonora.

No era para tener el mejor estado de ánimo. Y no contribuyó mucho mi papá cuando llegó con el regalo. Era, nada menos, que el tal violín. Mi mamá y mis hermanos no se sorprendieron menos que yo de que mi papá llegara con un regalo tan raro. Pero una de las grandes preocupaciones de mis padres fue siempre inculcarnos buenos modales, y si un año antes había agradecido el *Manual de herbolaria y jugos medicinales* que me regalaron mis abuelos (ellos daban los regalos más inverosímiles del mundo), podía perfectamente hacer cara de que estaba agradecidísimo y que el violín era justo lo que había esperado durante esos siete años de mi vida.

Lo que no agradecí por completo fue el motivo por el cual mi papá me estaba regalando ese violín:

—Cuando seas un gran violinista, tendrás filas de mujeres rendidas por ti.

Es cierto que yo no era un niño muy bonito, pero hasta eso que era simpático, e incluso ya para entonces había tenido una novia; ignoraba que pasaría apenas medio año antes de vivir mi primer amor platónico.

La novia se llamaba Marisol Eugenia Fernández Iriarte. Me acuerdo de su nombre completo, con todo y el Eugenia, y sin embargo estoy seguro de que si hoy me la topara en la calle, ni siquiera la reconocería. Su cara se borró por completo de mi memoria. Lo único que queda son las dos trenzas largas de color café que la enmarcaban. Y creo que algunas pecas, pero no podría jurarlo. También he olvidado cuáles fueron los motivos que me llevaron a declarármele aquel recreo. Pero sé que me dijo que sí. Y sé que no pasó nada más, no recuerdo que hayamos conversado tomados de la mano algún recreo, ni que yo le haya hecho un regalito, ni ella a mí, ni nada. No recuerdo cuándo cortamos, si es que lo hicimos, y tampoco sé qué fue de ella. Es decir que el de Marisol Eugenia Fernández

Iriarte, como recuerdo de mi primer romance, no resulta muy dramático que digamos.

Pero el del primer amor platónico sí, el de Carolina; fue seis meses después de que mi padre me regalara aquel violín. Sucedió, precisamente, durante unas de esas eternas y soporíficas vacaciones de las que hablaba.

Carolina vivía sola en el 402 y era aeromoza. Era lo más cercano a mi concepto de mujer sexy, porque siempre la veía con su mini uniforme de Aeroméxico, los labios rojos y el pelo largo y medio rizado. Solía encontrármela en el elevador, o en los pasillos del edificio por los que yo deambulaba cuando no tenía un mejor quehacer. Nuestra interrelación no pasaba de un saludo cortés, y quizás alguna pregunta sobre el clima.

En ese tiempo yo no tenía mayor cosa que hacer y fingía estar ocupadísimo jugando a que era Luke Skywalker, con el único elemento de utilería que tenía a la mano: una espada verde fluorescente que era el juguete que uno debía de tener para ser considerado como bien adaptado en el contexto lúdico-cinematográfico de aquel tiempo y que mis papás me compraron para evitar que cayera en coma de aburrimiento. Eran las vacaciones largas, mías y aparentemente las de Carolina también, así es que tiempo no faltó para que yo terminara enamorado de ella.

Una mañana de tantas estaba, como de costumbre, solo. Angelito acababa de mudarse. Yo jugaba en el estacionamiento, con la única compañía de mi espada, con la que intentaba eliminar a un imaginario Darth Vader. Oí los tacones de Carolina aproximándose hacia mí.

Lo normal hubiera sido que Carolina no se percatara de mi existencia o, en el último de los casos, que me hiciera hola con la mano, se subiera a su coche y se fuera de allí. Pero aquella vez se acercó a donde yo estaba. Llevaba puesto un traje café de pantalones que le sentaba casi tan bien como su uniforme de aeromoza. Me dio pena que se diera cuenta de mi juego, así es que interrumpí mis belicosos diálogos, escondí la espada tras de mí (cosa inútil, porque veinte centímetros del arma sobresalían de mi cabeza) y me le quedé viendo.

—Hola —dijo ella.

Yo traté de decir hola también, pero no me salió el asunto verbal y se lo hice con la mano. Hizo un vano intento de plática, mientras yo trataba de forzar la conexión entre mi cerebro y mis labios, pero lo único que logré a manera de saludo fueron cachetes rojos y una sonrisa muy amplia. Carolina me sonrió también, escarbó en su bolsa y sacó un objeto que de momento no reconocí.

—Toma —dijo, extendiéndomelo.

En ese entonces no existían los anuncios de televisión donde le recomiendan a uno que se cuide a sí mismo y no acepte regalos de extraños, de manera que tomé el objeto. No podía creerlo: era nada menos que un reloj de *La guerra de las galaxias*, el mismo que yo tenía varias semanas rogando a mi mamá que me comprara en el tianguis.

Estaba tan emocionado que se me olvidó la cortesía elemental y no le dije ni gracias.

—¿Te gusta?

—Sí, me encanta —respondí con la esperanza de que su siguiente frase no fuera:

—¡Qué bueno, es para un sobrino mío que tiene tu misma edad!

Pero no. El reloj no era para un sobrino, era para mí. Nunca supe por qué me lo regaló. A tantos años del evento podría suponer que se lo regalaron a ella, o se lo encontró o, en efecto, se lo compró a un sobrino que finalmente no la invitó a su fiesta de cumpleaños. Pero entonces no sólo creí, sino que estaba seguro de que Carolina tenía un interés romántico conmigo.

Es claro suponer qué fue lo que me pasé haciendo los siguientes días: intentando sacarle al menos un sonido decente al violín que mi papá me había regalado. Aunque sabía que esas vacaciones no bastarían para convertirme en un gran violinista y hacer que Carolina encabezara esa larga lista de mujeres que caerían rendidas por mí, no tenía un cúmulo de opciones.

Tampoco eran muchas las cosas que podía hacer para demostrarle a Carolina mi agradecimiento por el regalo. Pero sí podía tirar su basura un día sí y otro no. Esto más que nada era un pretexto para verla, lo cual nunca había ocurrido con mucha frecuencia, ya que la mayoría del tiempo ella estaba de viaje. Durante esas vacaciones, la vi un día sí y otro no. Ella, si estaba en fachas para recibirme, me invitaba un vaso de refresco o de leche con chocolate, y yo todas estas señales de amabilidad las seguía interpretando dentro del mismo contexto romántico que lo del reloj.

Y fue en una de esas invitaciones que Carolina destruyó mi futuro como virtuoso del violín. Habiéndole dado apenas un trago a mi choco milk, escuché la devastadora frase:

—¿Oye, y tú que andas mucho por ahí, no sabes qué son esos rechinidos tan raros que suenan por todo el edificio en las tardes?

Naturalmente dije que no tenía la menor idea, mientras casi podía ver cómo mi ego quedaba embarrado en el piso de su cocina. Sin embargo, una vez superado el asunto del ego me sentí muy aliviado, porque esas sesiones de violín se estaban convirtiendo en un infierno para mí y, obviamente, para todos los habitantes del edificio que tenían oídos.

Yo pensaba todo el tiempo en Carolina, y el simple hecho de hacerlo le quitó lo aburrido a esas vacaciones. Empecé a relegar a Darth Vader de mis juegos imaginarios y a poner en su lugar a la princesa Leia, cuyo papel, por supuesto, hacía Carolina, que a decir verdad era bastante más guapa que la actriz que la representaba en la película.

Una mañana muy soleada me ofrecí a lavar su coche. Ella dijo que bueno. No me quedó nada bien, porque yo jamás en mi vida había lavado un coche, pero cuando le toqué para decirle que había terminado, bajó y, a pesar de que su mirada me dijo claramente que el resultado le parecía desastroso, insistió en pagar por mi servicio. Le dije que no, y que no, y que no, y al final convinimos en que podía pagarme invitándome a comer una hamburguesa.

Una comida... pensé que era la oportunidad perfecta para hablarle a Carolina de mis sentimientos, y aunque el restaurante no se prestaba para nada a encender velas ni a tomar vino, yo no consideraba entonces esas sutilezas. Tampoco consideraba que yo tenía siete años y Carolina, entonces, debe haber tenido al menos treinta. Ni tampoco que nuestra relación, a excepción del regalo, había sido puramente de carácter comercial.

En ese entonces no nos habían invadido las hamburgueserías transnacionales, así es que fuimos al Burguer Boy. Carolina me preguntó qué iba a querer, y yo, que en cualquier otra circunstancia hubiera pedido el paquete que tenía máscara de dinosaurios, pedí una doble con queso y sin máscara. Mientras ella hacía la cola para pedir, yo tomé una mesa. Nunca me habían sudado las manos de esa manera. "Que se tarde, que se tarde", pedía yo, pero aquello era comida rápida y no tuve ni ocho minutos para acabar de definir mi plan. Finalmente Carolina regresó con la charola de comida, se sentó, me puso mi respectiva hamburguesa enfrente y empezó a comerse la suya. Yo sabía que era materialmente imposible que yo pudiera pasar un bocado de hamburguesa o de lo que fuera, así es que la mía permaneció intacta por un rato.

—Si no te la comes, no hay postre.

Qué horror. Yo pensando en cómo iba a declararme y aquélla saliéndome con una frase de las que usaba mi mamá. Su tonito maternal, sin embargo, no me amilanó. Esperé a que mordiera un bocado grande para tener al menos el tiempo suficiente de masticación para que Carolina oyera mis intenciones sin interrumpirme. Evidente fue cuán pésimo era yo para calcular. Y también para eso de las declaraciones de amor. Los nervios me obligaron a descartar cualquier clase de prólogo.

—Carolina, ¿quieres ser mi novia? —escupí, así, tal cual.

Ella abrió mucho los ojos. Y no se esperó a pasarse su bocado para emitir una expresión que yo ya conocía.

—Aaaaaaaaaaaay.

"Qué tierno", le faltó para completarla. Yo no sabía cómo interpretarlo. No era un sí, pero tampoco era un no. No era, en realidad, nada. Carolina se tragó su bocado y se comió uno más. Y otro. Y así sucesivamente hasta que de la hamburguesa no quedó más que la envoltura, y sendas manchas de catsup en las comisuras de sus labios.

Entonces decidí ir un poco más allá de lo verbal. Estiré mi brazo y tomé su mano con la mía. No sirvió esto para sacarle el sí. Tampoco el no. Lo único que ocurrió fue que a Carolina se le llenaron los ojos de lágrimas, me dedicó una sonrisa que tampoco supe cómo interpretar y se levantó del asiento.

De la mano y en silencio caminamos de vuelta al edificio. Con la mano que le quedaba libre, Carolina se limpiaba las lágrimas que no dejaban de salir. Yo, con la mía, cargaba mi hamburguesa envuelta para llevar. Y me sentía terriblemente culpable. En realidad no tenía la menor idea de por qué Carolina se había puesto a llorar, y en ese momento pensé que hubiera preferido, sin pensarlo mucho, que la respuesta hubiera sido una cinematográfica bofetada y no esos —no menos cinematográficos— litros de llanto silencioso.

Aun así, todo el camino de regreso lo recorrimos sin soltarnos las manos.

Carolina abrió la puerta de su departamento cuando aún quedaba en mí un pequeñísimo porcentaje de esperanza. Se acuclilló para quedar a mi altura y decirme, mirándome fijamente con sus húmedos ojos:

—Gracias, en serio.

Me dio un beso en la frente, se metió a su departamento y cerró la puerta. Durante unos minutos no pude moverme de allí. Parecía que mis pies estaban remachados en el suelo del pasillo del cuarto piso, y todas mis neuronas intentaban organizarse para concluir, simplemente, que no había entendido ni jota de nada y sólo atinaba a recordar aquello que siempre escuchaba decir a hombres mayores (entre ellos mi hermano y mi papá): Que las mujeres son incomprensibles.

¿Por qué una declaración de amor podía haber hecho llorar de esa manera a una persona? Si eso me pasara ahora, estoy seguro de que no me quedaría más claro que entonces.

Por algunos días no me animé a regresar al departamento de Carolina para tirar su basura. Es más, evitaba a toda costa encontrármela, y en mi casa se preguntaban por qué estaba todo el tiempo encerrado, después de haber pasado unas vacaciones tan callejeras. En realidad no tenía idea de cuál era el paso a seguir. Hasta que resolví actuar, sin desechar por completo la timidez que me invadía, escribiéndole una carta.

Me encantaría saber qué tanto le puse, pero no tuve la precaución de guardar una copia. Sin embargo, tengo la que ella me contestó, carta que, honestamente, dudaba yo que fuera a existir. No la deslizó por debajo de la puerta de mi departamento como yo hice con la suya, supongo que para evitar la desafortunada posibilidad de que alguien más se la encontrara. La carta estaba escrita en un papel amarillo, metida en un sobre del mismo color que tenía mi nombre, y que yo encontré puesto en el parabrisas de su coche, atorado con una de las plumas limpiaparabrisas.

Esas letras, que decían que ella era muy grande para mí, pero que estaba muy agradecida por mis palabras, que hacía mucho tiempo que no tenía un amigo como yo y que esperaba que pudiéramos seguir siéndolo, ya casi se han borrado del papel amarillo, pero no el sentimiento que me llenó cuando las leí. Vaya, no podía ser mi novia, pero estaba agradecida conmigo por habérselo pedido y, además, quería que siguiéramos siendo amigos. Mis siete años y medio no sólo se conformaron, sino que se regocijaron con ello.

Lamentablemente las vacaciones terminaron, y mi relación con Carolina volvió a la cotidianidad, al saludo cortés de siempre, aunque salpicado con algunas frases más: que cómo vas en la escuela, muy bien, gracias; que si el reloj que te di aún funciona bien, sí, perfecto, es un reloj muy bueno.

Lo raro fue que no volví a verla en uniforme de aeromoza.

Poco tiempo después me tocó escuchar una conversación en el estacionamiento, protagonizada por una vecina cincuentona que vivía sola y la mujer del portero. Nunca dijeron su nombre, pero yo sabía que estaban hablando de Carolina. "Desfachatez" e "inmoralidad" son algunas palabras que recuerdo de aquello. Pensé salir en defensa de mi amor imposible y desenvainar mi espada fluorescente para decirles al menos viejas chismosas, pero no hice nada más que pasar frente a ellas y dedicarles la mirada más despreciativa que pude. No comprendía cómo podían referirse así a una persona tan buena como Carolina. Pero no faltaba mucho tiempo para que conociera las razones que dieron origen a esa conversación que, de todas formas, mi corta edad no me permitió comprender.

En unos meses la mujer sexy que era Carolina se convirtió en una mujer embarazada. Hasta entonces supe que una mujer podía tener un hijo sin necesidad de un marido. Como no estaba al tanto de ciertos convencionalismos sobre los que suelen vivir algunas personas, no entendía por qué la vecina cincuentona y la portera se habían referido así a Carolina.

Lo único que ella me contó del asunto fue que el padre del inquilino de su panza era griego. Y también me aclaró el misterio del drama de las hamburguesas. Resulta que precisamente esa mañana se había enterado de que iba a ser mamá y eso la había puesto muy sensible.

Carolina no sabía si volvería a ver al griego o no, pero quería tener a ese bebé y estaba dispuesta a enfrentar sola la responsabilidad. Todo esto la colocó en el Olimpo de mis apreciaciones. El corazón me seguía latiendo a velocidad supersónica cada vez que la veía. Soñar con ella se había convertido en una costumbre. En resumen, seguía igual o más enamorado de ella.

Pero jamás volví a decírselo.

Y ella, a fin de cuentas, me abandonó. Faltando un par de meses para que naciera su bebé, regresó a vivir con sus papás. Me dijo que se iba porque necesitaba la ayuda de su mamá mientras se ubicaba en el asunto de la maternidad. Pero yo creo que se fue porque en el edificio había muchas personas que no comprendían su circunstancia.

Carolina se fue sin dejarme ningún dato para localizarla. A mí tampoco se me ocurrió pedírselo, y más tarde, cuando supe cuánto la extrañaba, lamenté no haberlo hecho.

Poco a poco y casi sin sentirlo, fui desapareciéndola de mis pensamientos y de mis sueños. Darth Vader regresó a desplazar a la princesa Leia y, cuando me di cuenta, resultó que mi corazoncito estaba en orden de nuevo.

Había pasado casi un año cuando Carolina volvió a sorprenderme, no sólo con su presencia, sino con la de su bebita. El interfón sonó a media tarde. Yo me había quedado dormido sobre la tarea cuando oí los gritos de mi hermana Carmen anunciando que alguien me buscaba abajo. Estaba amodorrado, así es que ni pregunté quién era y bajé con los pelos parados y sin zapatos. Casi pensé que seguía dormido sobre el cuaderno y que Carolina era parte de mi sueño cuando la vi ahí parada, con una sonrisa inmensa, cargando a una niñita que era casi tan bonita como ella, pero que en lugar de minifalda usaba mameluco.

Pensé que Carolina había ido al edificio por alguna razón y de pasada se le había ocurrido tocar para saludarme. Pero no, ella estaba allí para verme y presentarme a su hija. Saber esto me hizo sentir una especie de orgullo.

Me dejó cargar a la niña, mientras me platicaba cuán feliz estaba de ser mamá.

Aquella vez ya no descubrí ni rastro del enamoramiento que sentí alguna vez por Carolina. Sin dejarme ella sus datos de localización y yo sin pedírselos, nos despedimos una vez más sin saber, aunque tal vez sospechándolo, que sería la última.

Corrían tiempos extraños en casa. Yo no estaba estrenando recámara, sino soledad en la que siempre estuve, porque mi hermano Luis Esteban acababa de terminar su carrera de diseñador y había decidido mudarse a un departamento.

Esa resolución causó mucha polémica dentro de la familia. Mi mamá intentó por todos los medios convencerlo de que se quedara en casa, pero Luis Esteban decía que necesitaba independencia, que no era posible que a sus veinticuatro años siguiera durmiendo con un mocoso (o sea, yo), y que veintitrés años eran demasiados como para vivirlos en un mismo sitio. En esto yo estaba de acuerdo, aunque los míos eran nada más catorce, estaba un poco harto de ese edificio, donde los únicos inquilinos que habíamos visto envejecer el inmueble fielmente éramos nosotros. Pero yo no tenía nada que opinar porque apenas iba en segundo de secundaria y no tenía más recursos económicos que el domingo que mi papá me seguía dando, y los que me proveía con alguno que otro trabajillo que hacía, que de cualquier forma a veces no llegaban a completar ya no digamos para pagar una renta, sino para costearme el cine.

Celebraba, sin embargo, la mudanza de Luis Esteban; era mucho más cómodo dormir solo, sobre todo cuando se ha vivido durante tanto tiempo intentando conciliar diferencias, tan importantes como los horarios de sueño o tan insignificantes como colgar un póster en la pared. Ahora, por fin, ése era *mi* cuarto. Si quería colgar un póster del grupo de rock más estrafalario, o quedarme despierto hasta las tres de la mañana, podía hacerlo sin tener que pelear con nadie.

Apenas estaba acostumbrándome a mi nuevo cuarto (porque sin Luis Esteban parecía en verdad un cuarto nuevo), cuando ocurrió el evento de la muela de la chica del servicio.

Fue un domingo en la noche, o más bien un lunes a las tres de la mañana, cuando escuché golpes violentos e ininterrumpidos en la puerta del departamento. Mi cuarto era el más cercano a la puerta, de modo que yo fui el primero en oír y el primero en sobresaltarme. Brinqué fuera de la cama y conforme me acercaba a la puerta pude oír la voz de Julia, la muchacha, pegando de alaridos. La pobre lloraba y tenía el cachete del tamaño de un globo aerostático.

—¡Jooooven, jooooven!, ¡bi buela! —gritaba, al mismo tiempo que balbuceaba lo que parecían ser unas plegarias, y que despertaron al resto de la familia.

Afortunadamente, entre los vecinos que ocupaban el edificio en ese entonces se encontraba una mujer que era dentista.

Entre gritos desesperados de la doliente, todos fuimos al departamento de la dentista, tres pisos más abajo que el nuestro, a presenciar el suceso, en uno de los cuadros familiares más grotescos que han quedado grabados en mi mente. Despertarse en la madrugada nunca es divertido, menos cuando se trata de una emergencia. Pero aún menos divertido fue cuando vi la cara de la pobre dentista, que nos abrió todavía con las pupilas dilatadas y nos juró que no podía hacer nada, porque no tenía en su casa ningún instrumento adecuado para el caso.

—¿Qué no tiene unas pinzas? —preguntó mi papá, un poco desesperado. Ante la negativa de la mujer, preguntó todavía un poco más nervioso, casi con violencia:

—¿Me puede decir qué hace cuando necesita unas pinzas?

Lo lógico hubiera sido que la dentista mandara mucho al diablo a mi papá con todo y su familia y su muchacha agonizante, pero no contestó, y a mí me mandaron al coche por la caja de herramientas, para que la dentista escogiera la más adecuada para la intervención. Yo obedecí y bajé por la caja, pero no tuve valor para quedarme a ver el resto. La huida se debió en buena parte a que en el momento de recibir las pinzas, la dentista nos confesó que en realidad sólo había hecho la mitad de la carrera, que nunca en su vida había sacado una muela, que trabajaba en un laboratorio clínico tomando muestras de sangre y que se hacía llamar *dentista* sólo para tener cierto prestigio.

Pero ante la falta total de posibilidades y la mirada de la pobre muchacha que imploraba clemencia, mi papá le rogó que lo hiciera y todos le dimos nuestro apoyo. Yo, después de manifestar el mío, apreté el botón del elevador y empecé a subir, compadeciendo a la chica que me haría la cama por última vez al día siguiente, antes de agarrar su tambache y abandonarnos a mí y a mi sádica familia para siempre.

Cuando llegué a mi cuarto me di cuenta de que el evento me había provocado una adrenalina que no me dejaba dormir. Abrí la ventana y me asomé, porque uno de los lugares comunes respecto al insomnio es que no viene mal algo de aire puro para eliminarlo. La vista no ofrecía nada nuevo, excepto que en la azotea de la casa de junto, que había permanecido desocupada durante casi tres años, había unas tablas, un par de costales de cemento y algunos ladrillos. Vaya, de nuevo tendríamos vecinos. Cosa que no me importaba en lo absoluto, porque, fuera de Angelito y Carolina, nunca había habido otro vecino con quien me interesara relacionarme, a excepción del matrimonio Santillán, un par de ancianos que vivían en el primer piso y que me habían contratado para ir dos veces por semana a leer para ellos. Esto sucedió porque una vez mi mamá les contó en una de esas charlas incidentales de elevador que yo había ganado un concurso de lectura. Lo que no les dijo fue que eso ocurrió cuando iba en quinto de primaria. Leer para ellos, además de que mejoraba un poco mi economía, era algo que disfrutaba. La primera parte de las sesiones consistía, precisamente, en esas lecturas. En la segunda, ellos me servían un té verde que sabía horrible y que yo siempre dejaba intacto, y me contaban cosas. Para entonces llevaba casi un año yendo dos veces por semana, así es que ya me había tocado oír más de una anécdota repetida. Muchas de ellas se referían al hijo que tuvieron, que había muerto en la Guerra Civil. Tenían en la sala un retrato del muchacho vestido de militar, en el que debe haber tenido más o menos la edad que mi hermano Luis Esteban tenía entonces, o sea, unos veinticuatro años. Muchas veces sorprendí a la señora Santillán perdiéndose de mi lectura, contemplando el retrato con los ojos húmedos. Y no hubo una sola vez que esa mirada no fuera capaz de contagiarme la tristeza que revelaba.

En fin, no podía dormir y me quedé respirando aire puro (todo lo puro, claro, que podía ser el aire de la metrópoli más contaminada del mundo) y mirando los ladrillos y las bolsas de cemento, lo cual pensé que podría ser lo suficientemente aburrido como para que me entrara el sueño y quedara tumbado en la cama como esos costales de cemento lo hacían en la azotea.

Por alguna razón no sucedió así: en un sueño que me entró a medias participaban, claro está, Julia con su muela, la dentista apócrifa con sus muestras de sangre, esos vecinos que aún ni había visto y en mis imaginaciones oníricas ya eran una banda de gangsters. En fin, fue como una noche de calentura, en la que se mezcla la realidad con los sueños y en la que te sientes observado por los personajes que inventas para ellos.

Como es lo normal, al domingo lo sucede un lunes, y ésa no fue la excepción. Los lunes son legendariamente malos de por sí. Nunca he conocido a nadie que diga: "¡Caramba, por fin, mañana es lunes!". Esa expresión, claro, jamás podría estar incluida en mi repertorio de frases. Ahora, si agregamos que yo había pasado una noche espantosa a medio sueño y que, además, esa mañana tenía que enfrentarme a un lunes de "segundo", podemos imaginar que fue el peor de los lunes posibles. Ya mis hermanos me habían anunciado cuán apocalíptico podía resultar segundo de secundaria, y ahora yo lo estaba viviendo en carne propia. Ese día no había ningún examen, yo llevaba mi tarea completa, es más, encontraba el pequeño aliciente de que los lunes tocaba clase de deportes. Me dormí los cuatro minutos extra que mi papá me permitió. Y me dormí en la regadera y en la mesa de la cocina frente a mi cereal. Y con todo y las ganas que tenía mi papá de platicar sobre el evento de la noche anterior, también se me cerraban los ojos en el coche.

—¿Y esas ojeras? —me preguntó mi papá.

Le dije que no había podido dormir después de lo de Julia. Él me recomendó que procurara no quedarme dormido en alguna clase, que me tomara un café. Yo le conté que para que te vendieran café en la escuela tenías que ir en prepa y no me creyó. No quise discutir más. Me bajé del coche al tiempo que emitía el bostezo número veinte de ese día.

Y el destino funciona de manera curiosa. ¿Por qué justamente ese día Germán, el profesor de deportes, decidió que nos quedáramos en el salón para aprender los conceptos teóricos del básquetbol? Estoy seguro de que era dificilísimo que yo me quedara dormido a medio partido de lo que fuera. Y sin embargo, no pude resistir ni diez minutos de teoría deportiva. Y seguramente no habían pasado ni cinco más cuando ya estaba instalado en un sueño profundo, y sentí la mano de Germán dando palmaditas en mi cabeza.

—Disculpe —dijo Germán en un susurro—, ¿no le gustaría que sus compañeros y yo saliéramos del salón para dejarlo dormir en paz?

—Por favorcito —respondí yo, aún entre sueños, lo cual provocó que se desatara una avalancha de carcajadas por parte de los aludidos compañeros y, claro, un ataque de furia de Germán.

Terminé en la oficina de la directora. La directora de la escuela, Miss Antonieta, era un caso Guiness de sobrepeso. Además, entrar a su oficina era irremediablemente malo, no sólo porque estar ahí, la mayoría de las veces, significaba estar en problemas, sino porque implicaba un riesgo inminente a la salud, ya que Miss Antonieta fumaba como yo no había visto a ningún otro humano hacerlo. Con un cigarro encendía el siguiente, y las ventanas de la oficina estaban cerradas todo el tiempo.

Además, la Miss Antonieta usaba unos lentes muy raros que, sin importar de qué humor estuviera, la hacían parecer de uno malo, muy malo. Haber escogido ese diseño de lentes era, posiblemente, deliberado, porque, a pesar del aspecto intimidante que tenía, en el fondo la Miss Antonieta era como un bizcocho.

Cuando entré a la oficina, Miss Antonieta había salido, pero no la espesa cortina de humo de cigarro. Por supuesto que yo no había acabado de despertar, y mientras venía la directora, quedándome dormido de nuevo, imaginaba estar en Londres, y que de pronto se me iba a aparecer por ahí Jack el Destripador (es que acababa de ver una película que se trataba de eso y me había impresionado mucho). No fue así, claro, un momento después entró la Miss Antonieta, quien también tuvo que despertarme. Me hizo un interrogatorio exhaustivo sobre mi salud, hábitos alimenticios, higiénicos y de entretenimiento. Terminé contándole la película que acababa de ver sobre Jack el Destripador y después de que ella me contó una que había visto, le dije que mi salud estaba bien, que me desvelé un poco por causas de fuerza mayor y que prometía no volver a quedarme dormido en la clase de deportes ni en ninguna otra.

Me sorprendió un poco cuando se levantó de su asiento, se dirigió a la mesita donde estaba su cafetera, sirvió un poco en una taza y me lo ofreció.

—¿Aunque no vaya en prepa? —pregunté.

Ella me guiñó un ojo. Probé el café y casi se lo escupo.

—¿No tendrá un poquito de azúcar?

—El café es una maravilla —contestó—. Pero en este caso, es terapéutico, así es que tómatelo como está.

Así me lo tomé. Y terapéutico mis calcetines, al menos a mí no me sirvió de nada, y en las cuatro clases que me faltaban tuve que hacer esfuerzos sobrehumanos para mantenerme despierto.

Me dormí en el trolebús que tomé para regresar a casa.

Me dormí en lo que daba la hora de comer.

—¡¡¡Sebastián!!! —me despertó el grito de mi madre. Que si por favor podía ir por las tortillas.

Julia se había ido para siempre. Carmen aún no llegaba de la Universidad y Luis Esteban ya vivía en otra casa. Aparentemente el único disponible para llevar a cabo la misión era yo.

—¿Qué hay de comer?

Si la respuesta hubiera sido aguacates con atún, me hubiera negado rotundamente a ir por las tortillas. Pero no. Había carne con verdolagas en salsa verde. Era impensable comer eso sin tortillas.

Así es que ahí voy. Mi aspecto debió haber sido muy similar a aquel que le presenté a Carolina en nuestro último encuentro. Con los pelos parados y la marca de la almohada en el cachete.

Hay que admitir que yo ya no estaba en edad de andarme creyendo héroe de película, pero existían casos en los que esto se hacía indispensable para que la misión correspondiente no se convirtiera en un infierno. Así es que ese día yo era James Bond, también, claro, por una influencia cinematográfica reciente.

La cola era, al menos, de ocho personas, a las cuales convertí de inmediato en objetos de mi más profunda antipatía. A algunos ya los había visto; eso pasaba antes, cuando todos los de la colonia íbamos a la tortillería a la misma hora. En mi imaginación todos aquellos eran enemigos rusos a los que había que eliminar para obtener los microfilms (las tortillas) y llevarlos con bien al Pentágono (el departamento).

A veces me divertían mis diálogos, aunque siempre tuve la precaución de no verbalizarlos para evitar que todos los vecinos se pusieran de acuerdo y me encerraran en un manicomio.

No sé si a todo el mundo le pase, pero a mí sí, y muy seguido. Eso de sentirse observado. Es raro, pero supongo que debe ser alguna energía transmitida a través de los ojos. Y si los ojos en cuestión son verdes y están puestos en la cara de una niña de pelo negro que está parada detrás de uno, parece que la energía se multiplicara. Y así pasó. Empecé a percibir esa sensación que me puso un poco incómodo y me obligó a interrumpir mi juego. No aguanté mucho antes de volverme para verla. No estaba justo atrás de mí en la cola. Dos personas nos separaban, una de ellas don Casimiro, el carpintero que solía hacer algunos trabajos en la casa.

—¡Quiúbole, Sebas! —me saludó el maestro. Siempre he odiado que me digan Sebas, pero nunca lo digo porque no creo que haya nadie que lo haga por mala leche.

—Buenas, don Casi —le respondí en venganza, pero don Casimiro ni se inmutó. La mirada verde no se despegaba de mi cara. Y yo, entre la molestia por el Sebas y el sentimiento de observación, pasé a ser presa de un tercer sentimiento, bastante desconocido por cierto. Tragué saliva, traté de aplacarme un poco el pelo, y al hacerlo, sentí cómo mis mejillas y mi nuca habían adquirido una temperatura inusualmente alta.

—Es el sol, ¿eh? —le contesté a don Casimiro, quien no me había preguntado nada.

Fue la cola para comprar tortillas más larga que había hecho en mi vida. Seguí tratando inútilmente de aplastarme el pelo, de escapar de la mirada verde de aquella niña, pero también era imposible. Aunque me diera vuelta, aunque la tuviera de espaldas, sabía que me seguía viendo y, además, sus ojos verdes parecían haberse grabado con cincel en mis retinas. Nunca había agradecido tanto mi turno.

—¿Tu trapo?

—Uy. Se me olvidó.

—Son cincuenta centavos más por el papel.

Revisé mi capital. Demonios. Ni trapo ni un exceden-
te de cincuenta centavos para el papel, y una niña de ojos
verdes que no me los quitaba de encima por nada del
mundo.

Las manos empezaron a temblarme. De entre todo el
espectro, no parecía existir ninguna posibilidad de salir
bien librado. Cuando estaba a punto de convencerme de
que lo mejor que podía hacer era salir corriendo de allí
sin ninguna explicación y al llegar a casa inventar algún
pretexto tipo "ya no había tortillas", sentí el borde de una
moneda tocando mi hombro. La mano que la sostenía
era la de don Casimiro. Era justamente el tostón que me
faltaba. Quise creer que la niña de los ojos verdes no se
había dado cuenta de nada. Después de agradecerle a don
Casimiro con un guiño, caminé hacia mi casa, pensando
que de todos modos qué me importaba. Nunca había visto a esa niña, y probablemente nunca la volvería a ver,
era común que vinieran de otras colonias y aprovecharan
una pasada para detenerse en la tortillería.

Además, caramba, no era un pecado... un tostón más,
un tostón menos, qué diferencia hacía... todos alguna
vez hemos olvidado un trapo... un simple trapo... no, claro que no importaba... no importaba nada.

Después de aquel día, que fue como un "día zombi",
pensé que la consecuencia necesaria era que a la hora de

la familia Telerín, cuando mucho, estaría yo en mi cama, ahora sí, en calidad de bulto de cemento.

Y así ocurrió, al menos durante un rato. No sé ni qué hora era cuando empecé a escuchar unos ruidos extraños, según mi sueño, provocados por un buldozer con el cual los antagonistas de mi onírica historia estaban cavando la tumba del protagonista y su novia. El protagonista era yo, creo, y la novia tenía los mismos ojos verdes de la niña de la tortillería. Me dio coraje despertar, porque el sueño aquel tenía un buen argumento y me estaba divirtiendo mucho. Pero no había manera de permanecer dormido con ese escándalo.

Y es que había dejado la ventana abierta. Claro que todas las noches dejaba la ventana abierta y nunca había escuchado nada parecido.

Por un lado qué bueno que lo que vi al asomarme no fue el buldozer ni a los protagonistas de mi sueño, porque eso implicaba correr a despertar a mis papás para que me llevaran a la clínica psiquiátrica más cercana. Lo que vi fue un perro que parecía la sombra de un perro. Un perro negro, chico, que arrastraba algo en la azotea de la casa de junto.

Mi opción A, y única de momento, era cerrar la ventana, y así lo hice, sin haber contemplado que las herrerías del edificio tenían como tres veces mi edad y supongo que ni un solo mantenimiento en su triste historia.

El ruido se amortiguó un poco, pero no lo suficiente. Me tapé la cabeza con la almohada y, como estaba tan cansado, aunque seguí oyendo el ruido, pronto volví a conciliar el sueño.

¿Quince minutos? ¿Media hora? No lo sé, el tiempo pasa distinto cuando se reparte entre la vigilia y el sueño. El perro empezó a ladrar. Unos ladridos agudos, era como un perro soprano. Yo los escuchaba tan fuerte que llegué a pensar que era un perro volador y que se las había arreglado de alguna manera para meterse en mi cuarto y ladrar ahí mismo, a la orilla de mi cama. Ladraba. Aullaba. Una verdadera pesadilla. Me paré muy indignado y fui a la ventana a callarlo.

—Shhhh, perro.

Es de suponerse que el perro me ignoró. Se volvió hacia donde yo estaba, y parece ser que se dio cuenta de mi presencia, porque en el instante empezó a emitir el doble de ladridos al doble de volumen, sin dejar de dirigirse hacia mi ventana.

—Cállate, perro —dije, por si acaso no entendiera aquel animal las onomatopeyas.

No hubo manera. Desde ese momento, que eran las cuatro y dos de la mañana, hasta las seis, que entró mi papá a mi cuarto creyendo que me iba a despertar, el perro negro no se calló ni tres minutos seguidos, pues, cuando no estaba ladrando ni aullando, arrastraba lo que, ya con un poco de luz, identifiqué como un plato para agua que era casi tan grande como él. Era un plato de metal y sin agua.

Mi papá me encontró asomado por la ventana, preguntándome cómo diablos un perro tan chico podía ladrar tan fuerte.

—¿Y ahora tú, qué haces ahí?

—Nada. Déjalo —no tenía energías ni para quejarme.

De nuevo me dormí en la regadera. Y al día siguiente. Y el siguiente. Cuando llegué el jueves a la escuela, Pedro me dijo que parecía que me acababan de exhumar. Pedro era mi mejor amigo y, evidentemente, no tenía demasiado tacto para decir las cosas. Le conté la historia del perro, sus ladridos y su estúpido recipiente metálico.

Él me sugirió una cosa muy absurda, pero qué tan cansado y harto de aquel perro estaría yo, que acabé siguiendo su sugerencia.

Esa tarde me aparecí en el departamento de los señores Santillán; aunque tocaba hasta el día siguiente la sesión de lectura, era parte del plan, pues, alguna vez la señora me había hablado de que don Roberto en una época tuvo problemas para dormir.

—¿Qué haces aquí, muchachito? Si todavía no es viernes —preguntó la señora Santillán.

—¡Claro que es viernes, mujer, claro que es viernes! —gritó el señor Santillán desde la sala.

La señora me miró con cara de no le hagas caso, ya sabes que está chiflado, y mientras me acomodaba en el sillón de la sala les inventé que al día siguiente no podría ir porque tenía una fiesta.

Podía haber dicho cualquier pretexto, tal vez dije lo de la fiesta para que los señores Santillán creyeran que mi vida social era un poco menos patética de lo que en realidad era.

Solía ocurrir que de pronto, a media lectura, los dos viejitos se quedaban dormidos. Yo, previendo que eso era lo que me iba a pasar a mí, después de la comida me tomé un café, que no me hizo mucho más efecto que el que la directora me había dado, pero al menos cumplió. Bostecé cuatro mil veces, pero no me dormí. Mis bostezos inspiraron a los señores Santillán y no llevaba ni diez páginas cuando ya los dos estaban roncando.

Sintiéndome bastante miserable, fui al baño y revisé su botiquín. Allí tenían cientos de cajitas de medicinas, muchas de las cuales habían caducado hacía incluso años. Pero ahí había no una, sino dos cajitas de pastillas cuyo nombre concordaba con uno de la lista que Pedro me había dado. Las dos estaban a medio empezar. Tomé la que tenía menos pastillas y la guardé en la bolsa de mi pantalón.

Desperté a los viejitos Santillán para despedirme y mi conciencia empezó a darme una lata espantosa, que siguió hasta que pasaron unos minutos de las doce y el perrito empezó con su sesión de escándalo. Yo ya tenía todo preparado. La salchicha coctel, las pastillas y la disposición de, por fin, poder pasar una noche en paz. Metí la pastilla en la salchicha y la arrojé a la azotea de junto.

Tal y como lo había previsto, el perrito se le acercó, la olisqueó y se la zampó. Poco a poco los sonidos de arrastre empezaron a disminuir. También los ladridos.

Dormí como no lo había hecho en toda la semana; hasta la voz de mi conciencia guardó silencio. Parecía que la salchicha con somnífero me la había tomado yo en vez del perro. A mi papá le costó mucho más trabajo del usual sacarme de la cama.

Lo primero que hice cuando finalmente logré despegarme de las cobijas fue asomarme por la ventana. Ahí estaba el perrito, súpito, patas para arriba.

Y lo primero que hice al llegar a la escuela fue abrazar a mi amigo Pedro y felicitarlo por haberme dado una sugerencia tan buena.

El asunto de la salchicha con pastilla se convirtió en rutina. Pasaron quince días, durante los cuales, me imagino que mientras yo estaba en la escuela, los tabiques y bolsas de cemento se iban convirtiendo en un pequeño cuarto. Pero yo nunca vi a nadie ahí a quien pudiera reclamarle el mal comportamiento del perro. Pasaron también, naturalmente, quince noches, y las quince pastillas que había en la cajita se acabaron. Pensé que a lo mejor había servido como tratamiento, y que el perro negro se habría acostumbrado a dormir de noche aunque no le mandara la pastilla.

Pues no. La noche dieciséis fue más, mucho más infernal que las primeras. El perro ladró todo el tiempo, pero ahora no dejaba de dirigirse a mi ventana. Yo no tenía más pastillas, así es que intenté con la salchicha sola. Y sí, se la comió, pero no dejó de ladrar ni de arrastrar el plato. Ni un solo instante. Así estuvimos las ocho horas que, según mi edad, me correspondían de sueño.

Después del numerito que mi conciencia me hizo cuando les robé a los viejitos Santillán la primera caja de pastillas, preferí mejor el honorable recurso de ir a la farmacia y comprarlas, aunque en eso se fuera todo mi domingo.

No contaba con que para comprar esa clase de medicamentos se necesitaba una receta médica que yo, por supuesto, no tenía de dónde sacar. A pesar de los cuentos chinos que le hice a la señorita de la farmacia, de que si mi abuelito no dormía nada, que no teníamos para pagarle a un médico que nos diera la receta, entre otro cúmulo de muy dramáticas tonterías, ella permaneció inamovible. Lo único que no se me ocurrió fue el soborno, probablemente porque mis posibilidades económicas no permitieron que se me ocurriera.

Así es que, arrastrado por las circunstancias, tuve que volver extemporáneamente al departamento de los Santillán. Repetí la operación botiquín y me sentí aliviado cuando vi que la otra caja de pastillas seguía intacta. Le quitaba algo de malo a lo malo que estaba haciendo saber que, al menos, don Roberto no las estaba usando.

Así pasaron dieciocho días más. Yo le aventaba al perrito su salchicha, y los dos dormíamos como bebés. Lo que nunca se me ocurrió considerar era qué iba a pasar luego. Los somníferos no iban a durarme toda la vida, y una vez que me terminara, llegado el caso, los que había en el botiquín de los Santillán... ¿qué iba a hacer?

—¿Qué voy a hacer? —le pregunté a Pedro cuando en la caja solamente quedaba una pastilla. Él no tenía la menor idea. Claro, muy hábil para dar un consejo, y luego se hizo el occiso para ayudarme a enfrentar las consecuencias del mismo.

En fin, por lo pronto lo que hice fue aventarle al perro la salchicha con la última pastilla y aprovechar la que aparentemente era mi última noche de tranquilidad hasta que se me ocurriera alguna solución.

Por alguna razón el ritual fue más lento. Abrí la ventana y, a la luz de la luna, que esa noche brillaba de una manera particular, fijé mi mirada en el perro, que al verme empezó a excitarse y a dar vueltas por la azotea. Metí lentamente la pastilla en la salchicha. Y justo cuando la acababa de arrojar, cuando ya era demasiado tarde para dar marcha atrás o esconderme, me di cuenta de que no sólo el perro estaba pendiente de mis movimientos. A través de la ventana del cuartito de la azotea, que para entonces ya estaba terminado, pude ver una silueta. Estaba demasiado oscuro y demasiado lejos como para saberlo, pero por alguna razón estaba seguro de que los ojos de esa persona estaban fijos en mí. Salté hacia adentro de mi cuarto como si en la ventana hubiera corrido una descarga eléctrica. Antes de que el perro negro terminara de tragarse la salchicha, ya estaba yo bajo las cobijas, con la luz apagada y con el corazón latiéndome como si hubiera hecho algo terrible. Esa noche dormí mal y, por supuesto, esta vez no tuvo nada que ver el perro.

Las noches siguientes tuve concierto de ladridos, aullidos y arrastre de plato. Por más que busqué y rebusqué en el botiquín de los Santillán, no encontré nada que pareciera un somnífero. Pensé, de puro coraje, mandarle una salchicha con laxante, pero la cuestión no era fastidiar al perro, sino poder dormir. Y un perro con diarrea puede ladrar exactamente igual que sin ella.

Acabé descartando la posibilidad.

Para cuando sonó el timbre esa tarde, yo ya me había olvidado de la mala noche que pasé por haber sido observado desde el cuarto de la azotea de junto.

Mis padres habían ido al cine. Mi hermana estaba en la Universidad y yo me había tirado en el sillón de la sala, lejos de mi ventana, lejos de aquel ruidoso perro, para echarme una merecida siesta. Escuché el timbre entre sueños y me debatí furiosamente entre pararme a abrir y no hacerlo. ¿Qué tal si era una emergencia? ¿Qué tal si mis papás no habían encontrado boletos y no traían llaves? ¿Qué tal si se estaba incendiando el edificio?

Acabé parándome, claro, con los refunfuños correspondientes y sin preocuparme en lo absoluto por el aspecto que estaba a punto de darle a quienquiera que fuese aquel del otro lado de la puerta.

Nunca imaginé encontrarme de nuevo aquellos ojos verdes. Y mucho menos que su dueña trajera en sus brazos a aquel infeliz animal que me había echado a perder tantas noches.

No me salió ni un hola ni nada. Parecía que me habían cosido la boca con alambre metálico. Ella tampoco dijo nada al verme. El perro fue el único que se explayó, con esos ladridos que yo ya conocía tan bien. La niña de los ojos verdes vio al perro y luego me vio a mí.

—¿Y ahora qué? —dijo con una tranquilidad que me sorprendió.

Pero yo no sabía, tampoco, qué responder. La frase que correspondía era ¿y ahora qué de qué?, y así probablemente iniciar una discusión que la hubiera llevado a ella a reclamarme que estuviera arrojándole a su perro pastillas para dormir y a mí a contestarle con una perorata de los derechos humanos entre los cuales tenía que estar, necesariamente, el de dormir en paz.

Pero la verdad es que yo ya no estaba pensando ni en el perro, ni en mis desvelos, ni en las salchichas con somníferos, sino en mis pelos parados, en mi playera rota y en el hilito de baba que aún sentía en mi mejilla izquierda.

Ella no parecía ser invidente ni miope, así es que seguramente se dio cuenta de mi turbación. Pero no se compadeció. Suspiró como de hartazgo y me dijo:

—Míralo. ¿Ves cómo tiembla? Todo el tiempo está nervioso, no puede concentrarse en nada, ¿ves?

—Eeeee...

No pude decir más que eso.

—Míralo, lo convertiste en un adicto.

Y sí, la verdad era que parecía un poco nervioso el perrito. Yo en ese momento me le hubiera ido encima al muy hipócrita para estrangularlo. O al menos decirle a la niña que yo tampoco podía dormir por culpa de su perro. Pero los ojos verdes que ahora se habían puesto medio suplicantes y esa sonrisita a medias que seguramente había sido ensayada, me dejaron fuera de combate.

—Pues sí. Pobrecito —dije, sintiendo que traicionaba todos mis principios. Por eso tuve que continuar:

—Pero es que no me dejaba dormir.

—¿Cómo que no lo dejabas dormir? —le preguntó al perro, y supuse que la respuesta no la esperaba de él, sino de mí. Así es que se la di.

—Ladra toda la noche. Y tiene un plato que arrastra contra el suelo de la azotea. Yo no podía seguir durmiéndome en la escuela, reprobé dos materias...

Era mi turno de jugar el papel de la víctima, y mientras decía esto, pensaba: "Ah, perro, ¿tú crees que eres el único que puede hacer dramas? ¿Qué te parece esto, eh?".

Qué tal: acababa de convertir a un perro en mi enemigo declarado y estábamos compitiendo en credibilidad ante la chica.

—Bueno, pero qué quieres, los perros ladran, arrastran platos, ésa es su naturaleza, o en qué esperas que se entretenga un pobre perro toda la noche. ¿Leyendo? ¿Jugando solitario?

Aunque me percaté del tonito sarcástico, me pareció que de todos modos aquella niña tenía una manera muy dulce de decir las cosas, lo cual prueba que estaba yo empezando a presentar los síntomas fatales. De nuevo se me esfumó la capacidad de hablar. Negué con la cabeza.

—¿Entonces? —preguntó ella. Yo no dije nada porque, en primera, tenía problemas con el *speech*. En segunda porque no tenía la menor idea de qué quería ella que hiciera. Y yo, desde ese momento, supe que estaba dispuesto a hacer cualquier cosa que me pidiera.

—Piénsalo —me pidió, sin sospechar que era lo mismísimo que yo me estaba pidiendo a gritos.

"¡Piensa, piensa, piensa!", me repetía. Pero era inútil.

—Está bien. Voy a pensar —le prometí a ella y a mí mismo.

No era una frase inteligente, no concluía nada, y yo estaba aterrorizado de que la niña de ojos verdes se subiera al elevador y yo no pudiera volver a verla.

—¿Te llamo? —estas dos palabras me costaron más trabajo que las mil que había tenido que decir unos meses antes frente a toda la escuela en los honores a la bandera. Y ésas, en verdad, me habían costado muchísimo trabajo.

—¿Te llamo...? ¿Te llamo...? —dijo, pero el tono de sus palabras hubiera quedado mejor con algo así como "qué imbécil eres", y yo esperaba que a esta frase siguiera, de menos, un "estúpido atrevido", y sentí cómo mis rodillas se doblaban un poquito.

—No-tengo-teléfono —siguió diciendo, ahora como si ésa fuera una información que era absurdo que yo no tuviera.

Suspiré. Vaya. No tenía teléfono. Claro, si hacía poco más de un mes que se había mudado, era lógico. No tenía teléfono.

—Yo te buscaré.

No sé si esta última frase la dijo a manera de amenaza. Pero para mí, con lo absurdamente cursi que suena, era una frase de esperanza. Las rodillas recuperaron su firmeza, y a manera de despedida, le dirigí la más sincera de mis sonrisas. La miré meterse al elevador, y no sólo eso, sino que me quedé allí hasta que escuché que había llegado a la planta baja y había salido del edificio, sin quitar de la cara la sonrisota, misma que se esfumó cuatro segundos después, frente al espejo del baño. No sólo tenía el pelo completamente aplastado formando, al lado derecho de mi cabeza, una especie de pared vertical; no sólo se notaba el hilito de baba en mi mejilla, que para entonces estaba convertido en una huella blancuzca. No sólo eso. Me había dormido sobre uno de los cojines que una vez tuvo a bien regalarnos la tía Sarita en una de sus visitas desde Sonora. El tejido del cojín eran cuadritos que ahora estaban todos ellos marcados en mi cara. Si alguien me hubiera retratado en ese momento, el pie de foto ideal hubiera sido: "El hombre waffle".

Todo el optimismo que me había provocado que la niña de ojos verdes me fuera a buscar alguna vez se convirtió en pesar. Viendo aquel monstruo frente al espejo comprendí que, si alguna vez cumplía, lo haría exclusivamente para que le solucionara a su perro el problema de adicción. Era imposible que existiera ninguna otra razón. Y mucho menos la que yo hubiera querido.

Bueno. Era obvia mi situación de pared a un lado y espada al otro. Esa tarde, en lugar de ponerme a hacer la tarea, o volver a dormirme, o agarrar algún videojuego para distraerme, me la pasé maquinando los planes más absurdos para conseguir las pastillas. Cualquiera que me hubiera visto habría pensado que el adicto era yo. Pensé desde buscar un médico fraudulento que me hiciera una receta, hasta un cuidadosamente planeado asalto a la farmacia.

Llegó un momento de lucidez en el cual me di cuenta de lo poco práctico y muy peligroso que podía resultar aquello. Y entonces, apelando al socorrido recurso de endilgarle las culpas de uno a alguien más, preferí esperar al día siguiente y conminar a Pedro a que me resolviera el problema.

Pedro meditó durante media torta de milanesa. Después de haberse tomado tanto tiempo, y por su gesto de seriedad, pensé que cuando abriera la boca sería para decirme que ya tenía la solución, que era muy simple. Pues no.

—Uy, mano. Estás en un problemón.

Suspiré derrotado.

—Bueno, no sé, tal vez le sirva un té concentrado, de tila por ejemplo, que dicen que es tranquilizante...

—No, *Mr. "S"*. El menor de tus problemas es el perro.

En verdad, juro que no tenía la menor idea de lo que Pedro me quería decir con eso.

—¡Caíste, colega, caíste! ¡No sabes ni cómo se llama la fulana, y deberías ver tu miradita de borrego cada vez que mencionas sus ojos verdes, o incluso a su perro! Tienes que hacer algo pero ya, le arreglas al perro y luego, ¡fum!, desapareces. Las niñas siempre son un problema.

Me indigné. Le dije que se concentrara en el problema y que el único problema ahí era el del perro adicto, que no empezara a imaginar tonterías. Y se lo debo haber dicho muy enojado, porque después de eso ya no dijo ni pío. De todos modos, movió la cabeza así como con compasión cuando me dijo:

—Tú, por el perro, no te preocupes.

No te preocupes. Ajá, no te preocupes. Si Pedro me hubiera dicho que la única solución posible era deshacernos del perro, me hubiera preocupado menos. Hasta ese momento no había pensado que, en verdad, ni siquiera sabía cómo se llamaba la niña de ojos verdes.

Pero eso sí, tengo que admitir que Pedro era bueno para resolver problemas. Aunque esas soluciones generaran otros problemas.

Al día siguiente, por medio de papelitos, me comunicó que ya tenía todo arreglado. Que había conseguido quién secuestrara al perro y lo mandara a vivir a una perrera del gobierno. "Sin embargo, pienso que también podríamos pedir un rescate, ¿no crees?", escribió en el segundo papelito. Yo le escribí que era una estupidez, que no podíamos deshacernos del perro, que sólo se trataba de quitarle un vicio. Pero estaba tan enojado que en lugar de pasarle el papelito como lo indica la tradición (discretamente, de compañero en compañero), me paré y se lo aventé en la cabeza. Lo único que logré fue perderme la clase de geografía y pasarme el resto del día castigado en la biblioteca.

A la hora de la salida, Pedro estaba esperándome afuera. Le dije que yo no era un maleante, que su solución se la podía guardar.

—No eres un maleante, eres un tarado, ¿cómo crees que vamos a secuestrar al perro de tu noviecita? Lo dije para molestarte.

Y claro que Pedro me conocía lo suficientemente bien como para saber qué podía molestarme. Sin dejar de reírse, sacó de su mochila un papel y me lo dio.

—Esto es todo lo que puedo hacer por ti.

Y eso fue todo lo que me dijo antes de emprender el camino a su casa. El papel decía "GAPAPC" y un número de teléfono.

—Apoyoooooooo…

Me contestó una señorita. Colgué. ¿Apoyo de qué, o para qué?, me preguntaba. Y resolví que no iba a encon-

trar la respuesta en mis archivos mentales, que era mucho más probable que la señorita en cuestión pudiera dármela.

—Apoyoooooooo...

Volvió a contestar la señorita, juraría que con el mismo número de os. Yo le dije solamente que tenía un problema con un perro. Y entonces ella me aclaró todo: estaba llamando al "Grupo de Apoyo Para Animales con Problemas de Comportamiento". Jamás pensé que podía existir semejante cosa.

El tal grupo quedaba algo lejos de mi casa, y ésa era la única sucursal. Y para saber el tiempo total y la frecuencia de la terapia, primero tenía que llevar al "sujeto" para que un experto lo evaluara. Apunté la dirección y la guardé, sintiéndome un poco aliviado. Cualquiera en sus completos cabales pensaría que aquello estaba tomando tintes de chifladura. Pero, claro, yo empezaba a salir un poco de mis cabales.

Lo normal hubiera sido que, papelito en mano, fuera a tocar a la casa de la niña de los ojos verdes para decirle que ya tenía todo listo. Pero no me atreví. Ella había sido muy clara al decir "yo te buscaré". Así es que esperé pacientemente a que lo hiciera. Durante las tardes de espera me asomaba un promedio de quince veces al espejo, sólo para verificar que mi aspecto no se pareciera ni remotamente al que ella atestiguó en la tortillería y en su primera visita a mi casa.

Mi problema personal con su perro y mis noches en vela persistió hasta que me compré unos tapones en Sanborns, cosa que también fue sugerencia de Pedro. Le dije que si ésa hubiera sido su primera sugerencia, no me habría metido en tantos problemas.

—Pero tampoco hubieras conocido a la niña de los ojos verdes —me dijo y me calló.

Con los tapones ya no oía al perro, pero me pasé largos ratos mirando la azotea de la casa de junto, esperando que en una de ésas la niña volviera a asomarse por la ventana del cuartito. Entonces pude comprobar que el perro, en efecto, presentaba algo así como una especie de síndrome de abstinencia. Se pasaba las horas dando vueltas por la azotea, a ratos arrastrando el plato, a ratos aullando a la luna y la mayoría del tiempo ladraba dirigiéndose a mi ventana.

Yo, para evitar que la niña de ojos verdes o cualquiera de los vecinos me confundieran con un maniático espía, construí un periscopio con algunos cartones de leche y un par de espejos que no sirvió para nada y terminó en la basura.

No sé si sobra decir que las noches que siguieron fueron mucho más infernales que las que me había hecho pasar el perro. Todas las madrugadas me despertaba ese molesto latir acelerado del corazón, como diciendo: "Ándale, dormilón, párate, a lo mejor esta noche es la noche". Pero no. Lo más que alcancé a ver, dos o tres noches, fue la luz encendida del cuartito de la azotea.

Y no sólo eran las noches. Varios días pasé, así como quien no quiere, frente a su casa. Nunca vi nada particular más que todo cerrado. Supuse que no era una familia muy adicta a la iluminación. Y también podía ser que hubiera coincidido mi paso con su encierro, porque nunca me atreví a quedarme a esperar a que sucediera algo. Habría muerto de vergüenza si ella me hubiera descubierto.

Después de dos periscopios más que se fueron a la basura y cero éxito en mis espionajes diurnos y nocturnos, decidí que no podía esperar más. Que, casi como lo había hecho con Carolina, apelaría de nuevo al sistema epistolar para ponerme en contacto con la desaparecida ojiverde. El papel decía, simplemente: *Tengo la solución al problema de tu amigo. Por favor, ven a mi casa. Atentamente, Sebastián.*

Firmé, aunque pensé que era obvio el remitente, quería que ella supiera mi nombre. Y podría haber llevado la carta a su casa y dejarla en el buzón, o deslizarla por debajo de la puerta, pero esto, a mi parecer, suponía rebasar ciertos límites. Así es que lo primero que hice fue intentar el fallido método del hilito. El hilito era inútil de por sí, y la noche del intento soplaba un ventarrón de dimensiones tropicales. La carta sobrevoló el estacionamiento, la azotea, pegó en todas las ventanas de todos los inquilinos de mi edificio y nomás nunca logró llegar a su destino.

La segunda noche soplaba menos viento. Comprobé que la ineficacia del sistema era achacable a muchos otros factores además del climatológico. La carta durmió de nuevo en el escritorio de mi cuarto.

La tercera noche lo intenté con popotes. Estaba consciente de que al menor capricho eólico la carta iba a correr la misma suerte que con el hilito. Pero el destino es benévolo a veces, hasta eso, y esa noche apenas se movían las ramas de los árboles.

La primera parte del plan, claro, era sustraer discretamente de la alacena la caja de popotes y una vela. Cosa muy fácil desde luego, pues nadie revisa la alacena y lo que allí se guarda. La segunda parte era cerrar con llave la puerta de mi cuarto, porque, como de costumbre, cualquiera que me hubiera descubierto a media operación hubiera dudado seriamente de mis facultades. Empecé tarde. En el primer popote pegué mi carta con cera de la vela. Ciertamente hubiera sido más práctico el resistol, pero menos romántico. Yo había visto en muchas películas la relación cera-carta. Junté ese popote con otro, y con otro, y con otro, hasta que tuvo la longitud suficiente como para alcanzar la azotea de la casa de junto. Hice muchos esfuerzos por dirigirla hasta allí, pero parecía como si una especie de campo magnético impidiera que el mega popote se acercara siquiera a la azotea. Por más que intenté mantener derecha la línea, era imposible. Me ensalivé el dedo índice y lo saqué por la ventana, sólo para comprobar que no soplaba nada de viento. Después traté de ubicar los popotes hacia otros lugares y estoy seguro de que no hubiera tenido problema si hubiera querido depositar mi carta en cualquiera de los demás departamentos, o en alguno de los coches que estaban estacionados abajo. Pero el destino de mi carta no era ninguno de esos lugares. Y nunca logré hacerla llegar a la azotea de la casa de junto.

5

Vaya. Por primera vez no me había agarrado la niña de
los ojos verdes con aspecto de haber salido directamente
de ultratumba. Yo regresaba a mi casa, después de haber
ido a la papelería a comprar un compás para hacer la tarea
de dibujo. Digamos que no iba arreglado así como para una
fiesta de noche, pero al menos no tenía babas en la cara.

Media cuadra antes de llegar la vi, en la puerta del edificio, esperando que alguien le abriera. Mientras recorría
esos veinte metros que me separaban de ella, sudé como
lo hubiera hecho un marrano en Acapulco. Ella no me vio
acercarme. Cuando se volvió para tocar de nuevo, aproveché para secarme la cara con las mangas de mi playera.
Venía sin el perro, con unos pantalones de mezclilla rotos
y una camisa como tres tallas más grande. Mi primer impulso fue correr a abrazarla, pero claro está que me contu-
ve. Y, vaya, no me comporté como un maestro de oratoria,
pero tampoco me entró la tartamudez de costumbre. Dije
"hola".

—Vi tus popotes anoche —me soltó aquélla sin más ni más.

Volví a enmudecer. ¿Qué esa niña no tenía idea de la diplomacia? Eso de andar poniendo en evidencia a alguien que uno tenía enfrente no estaba nada bien. Sentía que la cara estaba a punto de explotarme de vergüenza. Sin embargo ella no me dijo, como yo esperaba, ni depravado ni ridículo. Solamente dijo:

—Es que primero tengo que invitarte a mi casa.

No entendí si esa frase significaba que no era correcto andar aventándole cartitas hasta que ella me invitara a su casa o si de hecho me estaba haciendo la invitación. Pero la opción que me convenía era la dos, así es que le dije:

—Sí, claro. ¿Cuándo?

—¿Qué es lo que decía ese papel? —me preguntó para cambiarme el tema, y por alguna razón me pareció que me lo estaba preguntando nomás por preguntar, porque ya lo sabía.

—Ya sé cómo puedo ayudar a tu perro.

—¿Cómo?

En ese momento no quise hablarle del grupo, porque temía que creyera que me estaba burlando de ella, así como yo pensé al principio que la señorita del teléfono lo estaba haciendo conmigo.

—Primero tienes que invitarme a tu casa.

No sé ni cómo me salió esto, pero me salió así, tal cual. La estaba parafraseando, y de momento pensé que me iba a mandar mucho al diablo. Pero no fue así.

—Bueno. Vamos.

¿Bueno, vamos? ¿Cómo que "bueno, vamos"? ¡No! ¿Y la loción, y las florecitas, y todas esas cosas que yo había imaginado para cuando la visitara por primera vez? Lo único que tenía posibilidades de ofrecerle en ese momento era un compás, cosa que tampoco podía hacer porque lo necesitaba para mi tarea.

Pero hay oportunidades en la vida que no se pueden desaprovechar, y ésta era una de ellas.

—Pues bueno, vamos.

Había que darle media vuelta a la manzana para llegar a su casa. Yo para entonces me sabía casi de memoria todos los detalles del camino que separaba su puerta y la mía, es más, había contado los pasos; evidentemente, estaba cayendo sin remedio en la ridiculez. Eran ciento veinte pasos normales y unos ochenta pasos largos. Ella daba pasos normales, así es que fueron ciento veinte, en los que, por más que pensé, no se me ocurrió nada inteligente que decir. Ni nada estúpido tampoco, parecía que tenía los dientes pegados con cemento, y la lengua hecha nudo, sólo me volvía de vez en cuando para ver su perfil de nariz respingada, y sus mejillas que al rayo del sol insistían en ponerse coloradas. Las suyas, por el sol. Las mías, por la misma extraña razón que aún no alcanzaba a comprender.

En fin, el caso es que después de los ciento veinte pasos de silencio, llegamos a su casa. Sacó sus llaves, y cuando estaba a punto de darle vuelta a la cerradura, dijo:

—Te invito.

¿Qué clase de protocolo extraño era ése de las invitaciones? Y, ¿qué otra cosa se puede responder a eso que "gracias"? De modo que dije gracias y entramos a su casa. Y sí, se veía tan oscura por dentro como parecía por fuera. Además de la oscuridad, no había alguna cosa fuera de lo común. Al menos nada que yo pudiera ver con tan poca iluminación. Era una suerte, al menos, ya que yo había empezado a preocuparme de nuevo por mi aspecto. Me sentía rojo, sudoroso, con el pelo a la inversa de como me había estado molestando, es decir, en lugar de parado, embarrado en la frente por el sudor. Hice un giro de 360 grados y mi vista nunca se topó con un espejo. Sin embargo, en el descanso de la escalera había un reloj enorme, en cuyo vidrio pensé que podría reflejarme. Pero no, estaba demasiado oscuro. Creo que nunca en mis catorce años de vida había estado tan pendiente de los espejos. Bueno, al menos, por terrible que me viera, la oscuridad de la casa lo atenuaba.

—Espera un momento —dijo la niña de los ojos verdes. A la hora que subió, supuse que a recoger al perro, quise pedirle un vaso de agua. En ese momento me di cuenta de que ni siquiera sabía cómo se llamaba, y ni modo de decirle, en el papel que ya había adquirido de galante pretendiente, "Oye, tú".

Todo sediento me quedé a esperar en la sala; seguía preocupado por mi aspecto, y ahora, con un poco más de libertad, busqué un artefacto en donde verificarlo. Pues nada. Y, vaya, tal vez en esa familia no eran especialmente narcisistas, de ahí la falta de espejos... los cuales, por otra parte, no tienen que estar necesariamente en una sala. Entonces abrí una puerta que estaba cerca de la entrada y que la intuición y la lógica me indicaron que debía de ser el baño. Pues sí, era el baño. Y pues no, tampoco ahí había un espejo. Papel sí, el cual utilicé para secarme la cara. Con un poco de agua me rehice el peinado y nunca supe cómo quedó. Intenté encender la luz con la idea de que al menos lograra ver mi reflejo en el agua del excusado. No encendió. Ah, un apagón. Escuché los pasos de la niña acercarse. Me puse muy nervioso, pues aparentemente ella era muy proclive a eso de las invitaciones, y yo estaba en su baño, al cual aún no me había invitado.

Cuando se aproximó a mí me di cuenta de que mi cara era la de alguien que acababa de hacer una travesura. Ella traía al perro en los brazos y con una mano le cerraba el hocico, fue muy notorio cómo se lo apretó a la hora en que yo entré en el espectro visual del perrito.

—¿Qué? —me preguntó casi en un susurro.

—Nada —respondí—. No tienes luz.

No quise decir de los espejos para que no pensara que qué fijado o qué metiche.

—No grites —me dijo—. Mi papá está dormido.

—Ah, perdón.

Podía haber tomado eso para iniciar al menos un par de conversaciones, desde qué tan seguido se iba la luz en su casa hasta la ocupación de su papá, que debía ser algo extraño cuando estaba dormido a las cinco de la tarde. Pero era claro que yo no podía comportarme normalmente frente a ella. Antes de decir cualquier cosa pensaba cómo lo iría a tomar, si no se enojaría, si estaba usando las palabras y la sintaxis correctas, en fin. Tampoco era muy adecuado que pensara que yo era autista o tarado, pero, por lo pronto, era lo que exigía menos esfuerzo de mi revuelto cerebro.

En el momento que abrió la puerta de su casa, me hizo entrega formal del perro negro. Yo, sin pensar de momento en el lío en el que me estaba metiendo, lo recibí.

—¿Cuándo me lo devuelves?

—Número uno: Yo no puedo tener en mi casa a un perro.

—Número dos: Mucho menos a un perro que detesto.

—Número tres: Deja de mirarme así, no me llevo al perro.

—Número cuatro: Mi mamá me va a matar.

—Número cinco (y la única que llegó a convertirse en palabras): Cuando esté bien de nuevo.

Era evidente que no tenía idea de lo que estaba haciendo. Y también era evidente que el perro no estaba muy contento de tener que irse conmigo. Se negaba a seguirme, yo tenía que jalar la correa, y aquél intentaba pegar

las patas al pavimento, lo cual nos hacía vernos bastante ridículos. Hasta llegué a pensar que algún transeúnte sospecharía que yo era un secuestrador de perros. Un secuestrador de perros que venía muy contento. Y no es que yo hubiera dejado de tener en cuenta que esa cosa que venía arrastrando significaba un problemón, pero, en verdad, hay cosas que en ciertos momentos de la vida pesan más que otras, y la niña de ojos verdes se había despedido de mí de beso. ¡De beso! Ella, solita, espontánea, se acercó e hizo el movimiento apropiado. Después de que yo había meditado muy seriamente la despedida, había descartado el apretón de manos porque me parecía muy burocrático y la reverencia porque me parecía demasiado oriental, no tuve que hacer nada. Ella se acercó, ella me dio el beso. Porque, además, me lo dio. Todos sabemos que la mayoría de las veces los saludos y despedidas de beso son más bien una unión de cachetes y el tronido de besos que se quedan más en el aire que en la piel de alguien. Ella sí me había dado un beso, y el problemón que a las dos cuadras parecía haberse resignado y olisqueaba un poste, era lo de menos. Y siguió siendo lo de menos hasta que me encontré en la puerta de mi edificio. ¿Qué clase de pretexto iba a dar? ¿Que me había encontrado al perro en la entrada, en una canastita que tenía una nota donde pedían "cuídenlo mucho"? Demasiado telenovelesco. En realidad no había opciones. O lo metía de contrabando o no lo metía. Y conociendo el comportamiento nocturno del animalito, supe que lo primero era imposible. También, entre los imposibles, estaba el dejarlo ahí en la calle, o el regresarlo con su dueña, aunque esto último lo pensé, básicamente, como pretexto para volver a verla. Y parecía imposible también hacer que el perro cruzara la puerta del edificio. Ladraba como un lunático, y no se le daba la gana subir el escaloncito.

—Tengo un compás, perro, no me provoques —le dije. Y más que las palabras ha de haber sido el tono, porque en ese instante se docilizó. Se quedó sentado junto al escalón. Y yo en el escalón.

—Qué idiota, otra vez no le pregunté cómo se llama. Tampoco sé cómo te llamas tú.

Hago constar que en el diálogo anterior me dirigía al perro, esto como nota al margen nomás para que quede clarísimo mi estado mental vigente entonces.

Y, finalmente, ¿a quién recurre uno cuando se enfrenta a semejantes broncas? Pues a la buena voluntad de la familia. La de mi madre quedaba descartada en este caso particular, ya alguna vez había demostrado su aversión a los animales, cuando mi hermana llevó a casa un hámster y mi mamá dijo, maleta en mano, que escogiéramos: o ella o el roedor.

Pero mi hermano acababa de mudarse. Y vivía solo. Y su departamento no quedaba lejos. Y, en resumidas cuentas, no tenía de otra.

Luis Esteban no me dijo que estaba loco; es más, demostró cierta simpatía por el animal y, extrañamente, parecía correspondido. Le conté a grandes rasgos la historia, y descubrí que jamás podría ser espía o alguna otra cosa que necesitara discreción.

—Te encanta la chavita, ¿no?

—No, claro que no. Pero hice adicto a su perro. Se la debo.

—Te encanta la chavita —repitió Luis Esteban, y no terminé por confesarlo, pero supe que no tenía caso seguir negándolo, a fin de cuentas mi hermano era casi diez años mayor que yo, y en cuestión de novias y demás, me aventajaba... casi diez años.

Bueno, el primer problema estaba solucionado. Lo único que me pidió Luis Esteban fue que le averiguara el nombre del perro para saber al menos cómo dirigirse a él.

Vaya. Ya tenía otro pretexto.

6

En ese entonces era curioso ver las reacciones de las amistades cuando uno caía en esta clase de situaciones. Yo tenía varios amigos en la escuela, pero era Pedro con quien me entendía mejor que con ningún otro, a pesar de que éramos bien distintos. A Pedro lo conocía desde quinto de primaria y, para esas edades, cuatro años de la vida significan casi la tercera parte del total, y son suficientes para consolidar una relación amistosa. Pedro era mi mejor amigo, a quien yo recurría para pedirle consejos. Aunque, en ese caso en particular, es decir, asuntos amorosos, no pensaba que pudiera resultarme demasiado útil, aunque él creyera que sí. Pedro era de aquellos niños que creen que todas, absolutamente todas las mujeres que están a su alrededor son susceptibles de sucumbir a sus encantos. Sólo que ninguna de ellas se ha dado cuenta.

Pedro insistió en que debíamos volarnos la clase de español para que él pudiera darme todos sus consejos. Yo pensé que íbamos a platicar, que se trataba la cosa así como de una charla de café, aunque sin el café porque no íbamos en prepa. Pero no. Escondidos atrás de la tiendita, Pedro sacó una lista y me la dio. La titulaba "El decálogo del buen pretendiente".

1. No llamar por teléfono más de dos veces al día.
2. Nunca criticar sus vestidos, aretes, peinados, ni a sus mascotas, ni a sus amigas.
3. No comer ajo, cebolla o higaditos de pollo durante las setenta y dos horas anteriores a la cita.
4. Revisar las orejas antes de cada encuentro.
5. Llevarle de vez en cuando flores a la mamá, y tal vez un puro al papá.
6. Las cartitas son buenas, pero hay que evitar la cursilería.
7. Acceder a ver lo que ella quiera en el cine.
8. No dejar que ella pague, al menos las tres primeras veces.
9. Un examen médico no está de más: una vesícula enferma también puede provocar mal aliento. Y último y más importante que todo lo demás:
10. Evitar a toda costa que ella se dé cuenta de que uno está en la baba.

Terminé de leer el papel y no supe ni qué decir. Todo aquello parecía muy cierto, y lo único que logró Pedro al ponérmelo por escrito fue preocuparme, sobre todo por ciertos puntos. Yo ya había criticado a su perro, no podía recordar si había comido ajo o cebolla antes de haberla visto (higaditos no, eso nunca en mi vida). Si bien estaba dispuesto a ver lo que ella quisiera si es que alguna vez llegábamos a ir al cine, era claro que yo no tenía dinero para invitarla, no digamos las primeras tres veces, sino ni una sola. Y sobre todo el último y más importante, si a esa niña le servía de algo ese par de ojos verdes que llevaba puestos, seguramente ya se había dado cuenta de que yo estaba en la baba por ella.

Es decir, que lo único que logró Pedro con ese papel fue descartarme automáticamente como galán. Y, claro, que a los dos nos pusieran un reporte por habernos volado la clase de español. Pedro le dijo a la directora que estábamos hablando de un asunto de vida o muerte. Esto pareció indignar mucho a la Miss Antonieta, y a la Miss Antonieta no había que provocarla, porque no admitía negociaciones. Mientras más reclamaba uno, más trabajo se llevaba a su casa.

—Bueno, para mañana, deberán traerle a la maestra de español una composición que hable de ese asunto de vida o muerte del que estaban platicando. Dos cuartillas.

Vaya, valiente ayuda. Y luego de Pedro, a quien la única historia de amor que le conocí terminó en rotundo fracaso. Era con su vecina, quien de todas las mujeres del mundo que él creía que podían caer rendidas a sus pies, sí le cumplió. A Pedro también le gustaba ella, pero supongo

que mucho menos. Y mi papel en la historia, desde el principio, fue el de paño de lágrimas de la vecina, pues yo, como mejor amigo de Pedro, era el único que podía ayudarla. No sé si fui yo, o ella, o Pedro mismo quien se convenció, y a fin de cuentas se le declaró.

Al final de su primera salida oficial como pareja, Pedro llegó a su casa, me llamó y me dijo que habían terminado. Yo quise saber por qué, y él sólo me dijo que todas las mujeres del mundo estaban locas. Sería la vecina quien diez minutos más tarde me llamaría para contarme la historia. Estaban, según ella, en un momento romantiquísimo, oyendo una canción calmadita, sentados en el sillón de su sala, de la mano, muy cerca el uno del otro. Y de pronto, cuando sus caras estaban separadas apenas por unos diez centímetros, Pedro le preguntó:

—¿Sabes qué me gustaría hacer?

—¿Qué? —respondió ella, segura de que la respuesta sería algo así como "darte el más tierno de los besos" u "ofrecerte mi vida entera" o algún equivalente. Pero no. Pedro le dijo:

—Me gustaría aprender a tocar el saxofón.

Era cierto, una de las ilusiones no cumplidas de Pedro siempre fue saber tocar el saxofón, pero no era el momento para decirlo, cuando tenía a la otra ahí junto, y seguramente, aunque ella no me lo dijo, haciendo trompita. Así es que lo cortó en el minuto siguiente y ya no se volvieron ni a saludar. A mí tampoco me volvió a saludar la vecina, lo cual me parecía un poco injusto después de haberme quitado tanto tiempo con sus historias, pero bueno, así funcionaban las relaciones entonces.

Recordar esto me hizo sentir un poco de tranquilidad. Pedro no era el más hábil de los galanes. A lo mejor esa lista estaba equivocada. Ojalá.

La tranquilidad se esfumó en la última clase, la de dibujo. Diez minutos antes de que empezara, recordé que no había hecho la tarea de los trazos con el compás.

Llegué a mi casa con dos reportes, una preocupación y nada de hambre, sólo para encontrarme con un motivo más de preocupación. Un papelito que alguien había deslizado por debajo de mi puerta. Para mí.

"Por si te lo preguntabas. Mi nombre es Nadia. Y el del perro, Ramón. Suerte."

La preocupación era la de que ella supiera que yo me estaba preguntando su nombre. En ese momento pensé si no sería psíquica, vidente o algo así. A mí esas cosas me daban mucho miedo. Pero saber que la niña de ojos verdes tenía el nombre más bonito del mundo y también la letra más bonita del mundo, pronto desplazaron la preocupación de que tuviera poderes extrasensoriales.

Las demás preocupaciones ahí siguieron. Un reporte ya era bastante malo. Llegar con dos era algo que nunca había hecho, y si las matemáticas no fallaban, eso suponía el doble de enojo de mis papás, y el doble de castigo. Pero reportes o no reportes, yo nunca dejaba de tener hambre. Mi mamá se sorprendió muchísimo cuando, en lugar de abalanzarme sobre la sopa de fideos, que era lo que normalmente hacía, me pasé un largo rato contemplándola.

—¿Y ahora tú?

—Pues... nada, me comí una torta en el segundo descanso.

No podía representar en ese momento el drama de "oh, estoy consternado, tengo dos reportes, no merezco comer". No podía siquiera mencionar el asunto, ya que eso equivaldría a quedarme encerrado toda la tarde. Y esa tarde tenía que salir.

Con toda la tarea del mundo encima, con la preocupación por los reportes y el cúmulo de cosas que tenía en la cabeza, me fui a recoger a Ramón para llevarlo a la GAPAPC. Luis Esteban se burló muchísimo del nombre del perro negro. Y se burló muchísimo de mí cuando le dije que había ido por él para llevarlo a terapia.

Y si hubiera sabido de qué se trataba eso, se hubiera reído mucho, mucho más.

7

La GAPAPC estaba dentro de un edificio moderno, elegante, que me hizo pensar de entrada que la señorita del teléfono y yo no nos habíamos entendido cabalmente. Cargué al perro para entrar. Uno de los dos policías que custodiaban la entrada me pidió que llenara la hoja de registro y que le dejara una identificación, que yo no tenía.

—Nop. No pasa —dijo el policía.

Yo he de haber puesto cara de suicida en potencia, porque rápidamente el policía cambió de parecer.

—Sí —alcancé a escuchar que le decía al otro—, se ve que el perro está re malo.

Lo que vi al entrar al salón fue más allá de lo que me había imaginado, que ya de por sí era que me iba a encontrar con una bola de chiflados.

El grupo, en ese momento, estaba compuesto por dos perros más, una *french poodle* que había dejado de comer porque los dueños se habían cambiado de casa y un pastor alemán que se negaba a comer sobras.

Había también un par de peces que no podían estar juntos sin intentar matarse, un gato que rasguñaba a todas las visitas y una iguana cuyo problema no llegué a conocer porque tuve que irme antes de que terminara la sesión.

El grupo lo dirigía una mujer estrafalaria, cincuentona, que pacientemente preguntaba a cada uno de los dueños el problema de sus mascotas.

Cuando entré, la señora pidió que todos guardaran silencio.

—¡Ay, pero si tenemos un nuevo miembro, de veras! Monada de perrito, porque es perrito, ¿verdad?

—No, es una rata albina —me dieron ganas de contestar, pero no—. Sí, es perrito.

—Y una monada de dueño, muy bien. ¿Cuál es el nombre del animalito?

—Ramón —dije, pensando en la terrible posibilidad de que alguno de los dueños de aquellas mascotas así se llamara, pero contento de que a mí también me aplicaran el término "monada". En cualquier otra circunstancia me hubiera parecido ridículo, pero ahora mi autoestima lo necesitaba. Y no, nadie se quejó ni se sorprendió demasiado con el nombre del perro.

Y tal vez aquello me hubiera parecido divertidísimo si me importara un rábano que no me fuera a servir en absoluto. Yo no sabía nada sobre Ramón, ni cuál era su edad, ni qué comida le gustaba, ni si ya lo habían cruzado, ni nada de nada. Así es que, a falta de poder responder a ninguna de las preguntas que me estaban haciendo, conté las circunstancias que me habían llevado hasta allí. Pronto pasé a ser yo el objeto de análisis, a todas aquellas personas parecía importarles más que yo tuviera un amartelamiento con mi vecina y no que Ramón fuera adicto a los somníferos. Y también, como yo sí sabía mi edad, la comida que me gustaba y si ya me había cruzado o no, era mucho más fácil hablar de mí que de él.

El muchacho de los peces me dijo que no perdiera mi tiempo, que las niñas de ojos verdes se fijaban en muchachos más grandes.

La dueña de la *french* que no comía a causa de la mudanza contó a su vez de un romance, fallido por cierto, que había tenido con un vecino.

La señora que dirigía la discusión no opinó nada sobre el asunto, parecía no estar muy contenta, e incluso dijo que ese grupo de apoyo era para animales, que los dueños podían hacer cita con un psicólogo para humanos. Supe entonces que era el momento de hacer mutis, intenciones que fueron captadas por la señora, quien me dijo:

—Necesitas traer al paciente tres veces a la semana, al menos por cuatro meses.

—¿Tan mal está? —preguntó el muchacho de los peces.

—Las adicciones son difíciles —respondió la señora.

No me molesté en replicar nada. Sospechaba que era la última vez que veía a esas personas.

—Bueno, pues de parte de Ramón y de Nadia y mía, muchas gracias —dije, y salí rápidamente de ahí. Pero no tan rápidamente para esquivar a la señorita de la sala de espera, que me pidió cincuenta pesos. Era una cantidad bestial de dinero, que por supuesto yo no traía conmigo.

Escarbé todos mis bolsillos, sabiendo que lo único que podía encontrar allí era una moneda de diez pesos y las llaves de mi casa.

—Es todo lo que tengo —le dije a la señorita extendiendo la moneda. Ella la tomó como si en vez de una moneda estuviera agarrando un gusano.

—Usted... es... —empezó a decir revisando su cuadernito—. El señor Sebastián, ¿sí?

Si no fuera tan torpe hubiera dicho que no. Pero dije que sí.

—Muy bien. Ya oirá de nosotros —dijo la señorita a manera de despedida, pero en un tono que me hizo echarme a temblar y maldecir la hora en que había dejado mi número de teléfono al pedir la cita.

Cuando Luis Esteban me abrió la puerta, yo seguía haciendo cuentas. La tal terapia, si es que hacía caso de lo que me había dicho la señora, me iba a costar, al menos, trescientos y tantos pesos. Y mi hermano al abrirme se echó a reír de nuevo. Yo empezaba a tomar eso como algo personal.

—¿Cómo te fue, perrito, te solucionaron la vida?

Yo no estaba de humor ni de burlas ni de nada. Le conté a Luis Esteban cómo me había ido. Él dejó de reírse

y me dijo que no me preocupara por Ramón. Que dejara esas tonteras de la terapia, que él se encargaría de poner en cintura al perro.

En el camino hacia mi casa medité todas mis preocupaciones; no sabía si podía confiar en las dotes de mi hermano como psicólogo canino, pero tampoco tenía dinero para costearle la terapia a Ramón. Tenía, también, dos reportes para firmar, una tarea que completar y la tonta composición. Y encima de todo eso, por supuesto, seguían Nadia y sus ojos verdes, y su casa oscura, y su despedida de beso. No podía dejar de pensar en ella.

Mis papás me obligaron a hacerlo, al menos momentáneamente.

Cuando llegué a la casa, los dos estaban en la sala, sentados uno frente al otro, con una actitud de solemnidad que hacía mucho tiempo que no les había visto.

—¿Qué onda? —les dije, e intenté encaminarme hacia mi cuarto.

—Espera, Sebastián, ven un momento —la voz de mi papá era sospechosamente tranquila y, al mismo tiempo, no presagiaba nada bueno.

—Siéntate, siéntate —dijo mi mamá.

Yo obedecí, tratando de disimular mi nerviosismo. No lo dije, pero les hice un gesto que significaba "bueno, qué les pasa".

—Mira, Sebastián, si estás en problemas, ya sabes que puedes decirnos —comenzó mi papá.

—Lo que sea, hijo, lo que sea —siguió mi mamá.

Yo no tenía idea de qué me estaban hablando. Por una parte ya sabía que era incapaz de ocultar que estaba medio raro, aunque nadie había acabado de convencerme de que estaba enamorado. Tal vez habían encontrado los reportes en mi mochila. Tal vez Nadia había ido a mi casa para contarles que había convertido a su perro en un adicto. No lo sabía. Por lo pronto lo mejor era aparentar tranquilidad.

—No, no estoy en problemas —dije con el acento más casual que pude.

Ellos se miraron entre sí. Luego me miraron a mí. Empecé a sentirme como en interrogatorio policial.

—Hace un rato te llamaron —empezó mi papá; parecía incomodísimo—. De un grupo de apoyo. Que tienes una deuda.

"Maldita señorita", pensé yo. Seguramente no acababa de salir del consultorio ese cuando ya estaba llamando a mis papás para acusarme.

—¿Pero qué haces en un grupo de apoyo, Sebastián?, ¿qué no somos suficiente apoyo para ti?

—¿De qué se trata, Sebastián?, ¿has empezado a fumar? —dijo mi papá.

—D... d... ¿drogas? —siguió mi mamá, pero yo sabía que ni siquiera lo estaba considerando.

De todos modos eso se estaba poniendo muy dramático, ahora me sentía como protagonista de telenovela. Había que aprovechar el momento teatral.

—Es un grupo de apoyo para estudiantes reportados —dije.

Mis papás volvieron a mirarse, ahora parecían medio incrédulos; yo fui a mi cuarto por los reportes. Pensé que si ya habían considerado posibilidades tan terribles como las drogas, dos tristes reportes los harían sentirse muy tranquilos.

—¿Estás seguro de que nada más es esto? —me preguntó mi papá mientras firmaba el primer reporte.

—Nada más.

Y no se dijo nada más del asunto. Los dos me abrazaron y en verdad parecían tranquilos. Ya no tanto un momento después, cuando me mandaron a mi cuarto, no sin antes decirme que no podía ver televisión y que estaría castigado hasta el lunes siguiente.

No sería tan malo el encierro, al menos esa noche. Al menos, cuando terminara con todo lo que tenía que hacer, podría dormir tranquilo, pues Ramón estaba en casa de mi hermano.

México, D. F., a 14 de octubre de 1993

El Amor

Dice el diccionario:

"Amor: Afecto; sentimiento que nos mueve a buscar el bien verdadero o imaginado y a desear su posesión".

También dice:

"Amor: Pasión; inclinación de un sexo hacia el otro".

Y también:

"Amor: Suavidad, blandura".

En ninguna parte del diccionario dice que el amor es como un bicho extraño que vive en el ambiente y que puede metérsele a uno en el organismo casi sin darse cuenta, a través de unos ojos verdes o de unas mejillas coloradas. Y una vez que eso pasa, queda uno así, como dice la tercera definición: suave, y blando. Una vez que uno adquiere el bicho, el tiempo pasa de manera diferente. Dos días parecen semana y media. Y no sólo eso, sino que empieza uno a comportarse como si tuviera cinco años. No se puede hablar, no se puede pensar correctamente, ni concentrarse, ni hacer la tarea de dibujo, y tiene uno que andar volándose las clases de español para hablar con los amigos de esto, porque de pronto parece que no se puede hablar de otra cosa.

Éste es un tipo raro de amor, es el que se parece a una enfermedad, porque, por ejemplo, mis papás se supone que sienten amor el uno por el otro, y ninguno se comporta así como si se le hubieran fundido las neuronas.

Debería, entonces, existir una vacuna contra eso, así todo sería mucho más fácil.

Sé que hay otros tipos de amor, como el de los padres y hermanos, o el que se siente por los amigos, pero Pedro y yo no estábamos discutiendo de eso cuando nos volamos la clase.

Sebastián Fernández

¿Cómo esperaba la Miss Antonieta que yo escribiera dos cuartillas sobre esto?

Cuando pasé mi composición a máquina hice las trampas de ajuste de espacio que acostumbraba: le puse doble espacio y los márgenes del ancho del Río Nilo, y aun así, no pude completar ni una cuartilla.

Tuve que esperar hasta después de las diez que mi hermana llegaba de la Universidad para pedirle el favor. Mi hermana estaba estudiando literatura.

—Oye, Carmen, ¿no tienes por ahí un poema de amor muy largo que me puedas prestar?

—¿Y ahora tú?

—Lo necesito para la tarea.

—No es muy largo, pero es uno que a mí me gusta mucho —dijo mientras sacaba de su cajón un librito, *Veinte poemas de amor y una canción desesperada*, de Pablo Neruda.

—Es el veinte. ¿Quieres un clínex?

Carmen se rio mucho y yo no entendí el chiste hasta un rato más tarde, cuando copié el poema para ponerlo como anexo en mi composición y poder entregar las dos cuartillas. Lo hice asomado por la ventana. Al terminar no podía quitarme una espantosa sensación de nudo en la garganta.

Hubiera dado cualquier cosa por ver, aunque fuera un instante, a Nadia asomada en el cuartito de la azotea.

Mugre Pedro. Si bien es cierto que el día anterior no nos habíamos puesto de acuerdo respecto a si íbamos a ser honestos en el tópico de conversación por el que nos habíamos volado la clase, pensé que ésa era la opción por *default*.

Pues no, él pensó que no podíamos parecer tan bobos de entregar una composición que hablara del amor, y entonces él inventó que habíamos estado hablando del *Popol-Vuh*, y de eso hizo su composición.

Lo peor del caso es que cuando nos dimos cuenta de la incongruencia temática era demasiado tarde, pues Juliana, la maestra de español, nos recogió las composiciones en la puerta conforme íbamos entrando al salón.

—Ahora el tonto pareces tú —le dije a Pedro—. ¿Quién se vuela una clase para discutir el *Popol-Vuh* en privado?

Pedro tuvo que reconocer que yo tenía razón, pero también opinó que ante los ojos de Juliana, yo iba a quedar como un cursi con esa composición.

A esas alturas ya no importaba, total, una persona más o una persona menos que me tuviera en ese concepto... estaba empezando a resignarme.

8

Ramón vivió con mi hermano dos semanas. Dos semanas en las cuales yo no dejé ni un segundo de pensar en su
dueña. No la busqué, me limitaba a asomarme un rato,
todas las noches, por la ventana. Pero sin el escándalo de
Ramón mis hábitos de sueño volvieron a la normalidad.
A las once de la noche estaba en el quinto sueño hasta las
siete de la mañana. Nadia tampoco me buscó. Nada, ni
una vueltita nomás para ver cómo estaba su perro. Ella
no sabía que no estaba viviendo en mi casa sino con mi
hermano. Eso me pareció muy extraño también. Yo nunca había tenido un perro, pero conocía a algunas personas que acababan encariñándose con sus perros más que
con sus propios parientes. A Nadia, al menos en apa-
riencia, no le importaban los avances del tratamiento de
Ramón.

Yo pasaba de vez en cuando a casa de Luis Esteban
a ver al animal. Parecía otro desde que estaba ahí, hasta
había llegado a caerme bien.

—Todavía está un poco nervioso, pero ahí va —solía decirme mi hermano. Yo empezaba a sospechar que lo que estaba pasando ahí era que Luis Esteban se había encariñado con Ramón.

Una tarde mi hermano me llamó por teléfono, de muy malhumor.

—Tenemos problemas, hijo, vente pa' acá.

—¿Qué problemas, qué problemas? —dije, pero escuché el pi-pi-pi del teléfono como única respuesta.

Cuando llegué al departamento el cuadro era por de más elocuente. Luis Esteban tenía cara de sargento mal pagado, Ramón lo miraba con vergüenza, con la cola entre las patas y en el suelo de la salita había un libro comido a la mitad.

—Este perro idiota se comió un libro —me dijo Luis Esteban. Estaba furioso.

Yo recordé las palabras de Nadia:

—Bueno, es un perro, la naturaleza de los perros es comerse los libros. O en qué quieres que se entretenga, ¿leyéndolo?

La diferencia ahí era que mi hermano, naturalmente, no estaba en la baba por mí ni mucho menos, así es que él sí me contestó:

—No seas payaso, Sebastián.

—Yo te pago el libro.

—Ése es el problema, que no es un libro cualquiera, es una tesis que saqué de la biblioteca de la universidad, tengo que reponerla y eso es un relajo espantoso...

Mientras Luis Esteban me decía cuán problemático iba a ser eso, yo miraba el libro. Ramón, al menos, había tenido el cuidado de no comerse el título: *Teorías básicas de publicidad aplicadas a una campaña para la venta de una línea nueva de mermeladas enfocada al mercado infantil.* El nombre del autor estaba en la panza de Ramón, pero la fecha de la tesis no. No parecía tan difícil, pero Luis Esteban estaba realmente preocupado. Es claro que la culpa de todo eso era de Ramón, pero era difícil que un perro pudiera hacerse cargo de reponer una tesis o lo que fuera, así es que le dije a mi hermano que yo trataría de solucionar el problema, como de costumbre, sin tener la menor idea de cómo iba a hacerlo.

Esa tarde salí del departamento de Luis Esteban arrastrando a Ramón que, como de costumbre también, se negaba a caminar conmigo.

—Mira, perro, no te hagas el difícil, después de que te comes los libros de mi hermano... pero bueno, al menos estarás contento de que vas a ver de nuevo a tu dueña.

Y sí, la escala siguiente, a fuerzas, tenía que ser la casa de Nadia. De quince días atrás a la fecha, no era probable que la disposición de mi madre hacia los animales hubiera cambiado en lo más mínimo.

Antes de salir de casa de Luis Esteban entré al baño para lavarme la cara y darme una peinadita.

—¿No quieres un chisguete de loción? —me preguntó mi hermano con una sonrisa.

—No, ¿para qué?

Una micra de segundo después:

—Bueno, sí.

Y así me fui a casa de Nadia, conversando con Ramón y dejando una estela aromática a mi paso.

Estaba a punto de anochecer cuando toqué el aldabón de la puerta. Ramón movía la cola emocionado. Tuvimos que esperar tal vez unos cinco minutos, que a mí me parecieron como veinte, después de los cuales Nadia abrió un poquito la puerta. Ramón empezó a mover la cola con una fuerza que pensé que se le iba a caer. Pero Nadia, antes de vernos a mí o al perro, se asomó al cielo. Después de hacerlo, asintió con la cabeza, abrió la puerta un poco más y entonces nos vio a nosotros. Sonrió al ver al perro y a la cola.

—Vaya... —dijo.

Ramón estaba dispuesto a meterse a la casa como chiflido, pero Nadia lo detuvo.

—No tan rápido, amigo —nos dijo a los dos, a Ramón y a mí; al primero lo tomó en sus brazos y a mí me dirigió una mirada interrogante.

—Entonces... ¿cómo fue?

Nadia hablaba muy raro. Yo le dije que si me regalaba un vasito de agua, y por un momento pensé que me lo iba a llevar ahí a la puerta, pero no. Me invitó a pasar. La casa se encontraba en la misma penumbra que la vez pasada. No se oía ni un ruido, excepto la respiración agitada de Ramón.

—Siéntate —me dijo Nadia—. Voy a dejar a Ramón y por tu agua. ¿Agua sola?

—Sí, agua sola.

Nadia desapareció por las escaleras. Por alguna razón, estar ahí sentado me inspiraba un poco de confianza. Eran muchos más los nervios antes de verla que cuando ya la tenía enfrente de mí. Mientras ella volvía, yo trataba de convencerme de que para iniciar una relación de cualquier tipo uno tiene que conversar, así es que estaba pensando en posibles temas. Tal vez podía contarle lo de mis reportes, o que acababa de ir a ver *Los imperdonables*, que había ganado un Óscar. O que habían ido unos hombres con trajes de extraterrestres a fumigar mi departamento. Todo se me hacía tontísimo. Nunca me había costado tanto trabajo hacer plática con alguien. Yo normalmente no tenía ese tipo de problemas. Siempre había sido fácil, uno podía hablar de cualquier cosa sin estar pensando si era una estupidez. A Pedro le acababa de contar de la fumigación sin ningún problema.

Ahora, hasta entonces yo tenía a Nadia en un concepto de que además de bonita debía de ser cultísima y brillante. Un concepto que quién sabe de dónde había sacado, porque en realidad la había oído decir cuatro palabras. Seguramente era parte de todo el síndrome.

Interrumpí mis meditaciones conversacionales al escuchar unos pasos que provenían de las escaleras. Se oían pesados. Sólo podían haber sido de Nadia si ella hubiera engordado doce kilos en su visita a la azotea.

Me paré. Vi a un señor que tendría unos cuarenta y cinco años y canas en las sienes. Estaba muy bien arreglado y rápidamente el olor de su loción suprimió el de la mía. O bueno, la de mi hermano. El señor abrió un clóset, sacó una gabardina y se la puso. Y, o no se percató, o ignoró olímpicamente mi presencia. Yo, claro está, me paralicé de nuevo y empecé a rogar para que Nadia bajara. No funcionaron mis plegarias, y antes de que el señor terminara de ponerse la gabardina, volvió su cabeza hacia la sala y detuvo su mirada en mi nerviosa persona. Caminó unos pasos hasta quedar justo frente a mí. Yo sonreí, tratando de evitar que me castañetearan los dientes.

—Buenas noches —dije.

Él no me contestó, pero me vio con una mirada muy parecida a la que a veces hacía su hija. Una mirada de pregunta. Lo malo era que en ese caso podían ser muchas las preguntas que el señor quisiera hacerme, desde qué estaba yo haciendo allí hasta qué intenciones tenía con su hija. No sabía si Nadia le había contado algo sobre mi responsabilidad en las adicciones de la mascota de la casa.

—¿Cómo le va? —si no tenía ninguna respuesta, era preferible contraatacar con una pregunta.

—Bien. ¿Y a ti?

—Bien.

—Pareces un poco tenso.

—No, no. Tengo un poco de sed. Hace calor afuera... está muy bonita su gabardina —era como decirle que estaba loco saliendo con una gabardina con ese clima. Pero no me di cuenta.

—Tengo algunos problemas de hipotermia. A veces —dijo el señor.

—Ah.

Ya era demasiado. Ese "ah" marcaba el último aliento de mi capacidad de conversación. Afortunadamente, acabando de decirlo escuché otros pasos, los ligeros, los de Nadia. Antes de acercarse a rescatarme, se metió por una puerta que supuse que conducía a la cocina y salió un minuto después con un vaso de agua.

—¿Ya se presentaron? —nos preguntó.

—No... eso te toca a ti —dijo el señor.

Yo no dije nada.

—Sebastián, mi papá.

Yo extendí la mano. El señor tardó un poco, pero finalmente se decidió a tomarla. Las temperaturas de nuestros cuerpos eran diferentísimas. Era cierto que yo tenía calor y tenía nervios, y eso podía haber hecho que la mano del señor me pareciera fría, por contraste. Pero no era una mano normalmente fría. Era una mano helada, que debía haber pertenecido a una persona de color azul. Me parece que no pude ocultar mi sorpresa. El señor me soltó rápidamente; se acercó a Nadia y le dio un beso.

—Duerme bien, corazón.

Nadia solamente le sonrió a manera de despedida. Y yo también, al ver que era claro que me iba a ahorrar el evento de la mano helada.

—¿Y tu mamá? ¿Tienes hermanos? ¿Ramón se quedó en la azotea? —todas estas preguntas las hice al hilo y muy nervioso. No estaba muy seguro de las respuestas que esperaba, pero alguna que me dijera que no estábamos solos en la casa. Nadia las contestó en el orden inverso.

—Ramón está allá arriba. No tengo hermanos y mi mamá... bueno.

"Bueno. ¿Bueno qué?", me pregunté yo pero no a ella. Si no me había dicho más que bueno sobre su mamá, supuse que era lo único que yo podía saber al respecto. Todo parecía indicar que, en efecto, estábamos solos.

¿Y vas a la escuela? ¿De dónde se mudaron? ¿Te gusta leer? ¿El cine? ¿Los videojuegos?

Todas estas preguntas se me ocurrieron también al hilo, pero no le hice ninguna, y es que no me dio tiempo. Ella interrumpió la verborrea que estaba a punto de padecer a la hora que aspiró profundo y dijo:

—Hueles rico.

—Este, sí, eeehhh, ha de ser el champú... creo.

Ella sonrió, debe haber sabido que ningún champú huele a loción de hombre.

—Bueno, ya me tengo que ir —dije mientras me levantaba.

Ella pareció entristecerse, pero no me insistió para que me quedara. Yo sí me insistí, pero era demasiado tarde. Me acompañó hasta la puerta. La noche había entrado de lleno a la ciudad.

—Cualquier cosa con Ramón, búscame —le dije.

Ella asintió. Y ahora fui yo el que tomó la iniciativa para despedirnos de beso.

—Y también, cualquier cosa que no tenga nada que ver con Ramón... búscame.

Esto último debió haber sonado a plegaria. Ella sonrió de nuevo, con una sonrisa más abierta que todas las que me había dado antes.

Una sonrisa extraña. En el camino de vuelta a casa traté de pensar por qué me había parecido extraña. También, claro, estaba fielmente grabada en mi mente. La recreé una y otra vez, y ahí estaba, y era extraña, pero no sabía por qué.

Llegué cansado a mi casa. Estaba lleno de una rara tristeza, a pesar de las sonrisas de Nadia, a pesar de su beso de despedida. Sabía que el pretexto se me había acabado. Que si quería volver a verla, tendría que apelar a mis habilidades de pretendiente, que hasta entonces habían demostrado ser bien limitadas. ¿Qué podía yo ofrecerle a una niña como ella? Yo no sé si era lo que yo pensaba, pero en mi catálogo de personas favoritas, pronto había llegado a ocupar el primer lugar. Y parecía, de momento, inalcanzable. Me sentía algo así como un cualquiera, traté de repasar mis cualidades y no podía encontrar gran cosa. Haber terminado con éxito ocho videojuegos, y haber dicho un discurso sobre los símbolos patrios ante toda la escuela no parecían grandes hazañas. Haber curado a su perro de algo que yo mismo le había provocado, y además que ni siquiera había sido yo sino mi hermano, tampoco podía contar demasiado.

La tristeza se hizo cada vez más densa. Practicando una especie de masoquismo, saqué la copia del poema de Neruda que me prestó mi hermana. Yo nunca lloraba, y al leer el poema tampoco lo hice. Pero estuve muy cerca.

Terminé y me asomé a la ventana. No vi a Ramón en la azotea. En lugar de darme gusto saber que iba a pasar una noche de silencio, su ausencia me puso aún más triste. Y entonces sí, una lagrimita rebelde se resolvió a bajar por mi mejilla.

9

El cuadro sintomático que ya me venía aquejando se intensificó durante los días que siguieron. Me la pasaba pendiente del timbre; el sobresalto al escucharlo sonar era inevitable, y también la cara de pocos amigos que yo ponía a quienquiera que lo hubiese tocado, al comprobar que, una vez más, no se trataba de Nadia.

En la escuela empezó a irme bastante mal. Casi en todo menos en español. Resultó ser que Juliana, la maestra, quedó conmovidísima con mi composición. Juliana era una muchacha joven y jipi a la cual, recientemente, un tal Alberto le había roto el corazón. Y fue la única capaz de levantarme un poco el ánimo. Ella había estudiado comunicación, y cuando le conté de mis preocupaciones acerca del poco valor que consideraba tener para merecer que Nadia me hiciera caso, me dijo que no fuera tonto, que yo tenía un cúmulo de ventajas.

—Mira, es muy fácil. Eres un producto más en el mercado.

Esto me sonó rarísimo al principio, pero el ejercicio que hicimos después realmente me levantó el ánimo.

—Posicionamiento, muchacho, posicionamiento —dijo Juliana y yo no entendí.

Se trataba de hacerme de cuenta que yo era un producto y debía encontrar las ventajas que tenía sobre los demás productos similares que se ofrecen en el mercado (o sea, un titipuchal de muchachos de mi generación), para que un consumidor me encontrara preferible que los otros.

—En lugar de la tarea sobre el cuento de Juan Rulfo, para mañana me traes una lista de características que te hacen especial. ¿Ok?

—Bueno —dije.

No era tan bueno porque yo ya había leído el cuento de Juan Rulfo y podía haber hecho esa tarea, sin embargo esta alternativa sonaba divertida.

LISTA DE POSICIONAMIENTO

—Como de todo.
—No tengo nada postizo.
—Tengo muy buena ortografía.
—Me baño diario.
—Tengo todas mis vacunas.
—No uso pañuelo.

—No ronco.

—No tengo antecedentes penales.

—Se me olvidan los chistes y me los pueden contar muchas veces.

—No estoy en ninguna secta ni partido político.

—Digo no a las drogas.

—No tengo más que una deuda y no es muy grande.

—Soy muy bueno para el Nintendo.

—Siempre digo por favor y gracias.

—Sé hacer queso con la leche que se echa a perder.

—Casi nunca me da hipo.

No parecía ser suficiente, pero por más que pensé, no encontré más que estas ventajas, y no estaba demasiado seguro de que lo del hipo fuera propiamente una ventaja, pero se me ocurrió porque mi tía Sarita, la de Sonora, tenía problemas de hipo y nos contó que un novio la cortó por eso.

Al día siguiente Juliana leyó lo que había hecho y se quedó pensativa. Yo empecé a pensar que mi lista era un poco boba, y ella me lo confirmó.

—Qué, ¿no eres buen hijo?, ¿buen amigo?, ¿no tienes grandes metas en la vida?, ¿no eres sincero?, ¿guapetón?

Esto último de guapetón me hizo sonrojar muchísimo. Nunca había considerado esa posibilidad, y menos desde que mi papá me regaló el violín. Era cierto que desde entonces yo había mejorado un poco mi aspecto, principalmente por el tratamiento de ortodoncia al que me habían mandado y que afortunadamente para entonces ya era historia, una historia que había eliminado los dientes de conejo que tenía a los siete años.

Juliana me recitó una serie de ventajas que según ella yo tenía. Yo pensé que no tendría ningún motivo para querer tomarme el pelo, así es que todas las tomé muy en cuenta y esa misma tarde, decidí, finalmente, caminar esos ya para entonces míticos ciento veinte pasos y tocar el aldabón de la puerta de casa de Nadia.

Esperé a que pasara la hora en que el papá de Nadia salía. No tenía ganas de toparme con él ni con su mano helada. Tampoco estaba muy seguro de qué quería decirle a Nadia. Por una parte, aunque las palabras de Juliana me habían subido un poco el ánimo, el hecho de que Nadia no me hubiera buscado en todo ese tiempo (era, en realidad, una semana, pero como dije, el tiempo pasaba raro y yo lo había sentido como si fuera un mes y medio) era una malísima señal.

Comprendí que no sabía nada de ella. Era, hasta entonces, un personaje misterioso, y misterioso el papá, y misterioso hasta Ramón, que no volvió a aparecerse por la azotea.

No sabía si iba a la escuela (a la mía no, desde luego), no sabía si trabajaba, eran muy inciertas sus relaciones familiares, en fin. Pero también era cierto que no tenía otra manera de conocer su vida que preguntándosela, entonces decidí que en eso se nos iba a ir la charla de esa noche. Digo, no pensaba llegar con mi lamparita a hacerle el interrogatorio, iba a platicar. Quería saber eso de ella. Quería saber todo de ella.

Mis finanzas, por suerte, estaban en un momento estable. Había dejado de ir al cine para poder ahorrar un poco. Había agregado un día de lectura con los Santillán, para lo mismo. Antes de ir a ver a Nadia, llamé a mi hermano.

—¿Cuánto costará una cena en el restaurante giratorio del Hotel de México? —le pregunté a Luis Esteban por teléfono. El restaurante giratorio del Hotel de México era el único lugar elegantísimo que yo había oído mencionar.

—Olvídalo, cuate, no te alcanza.

—Ni siquiera sabes cuánto tengo.

—¿Van a beber?

—...

Yo estaba seguro de que no iba a beber, y Nadia no tenía cara de hacerlo tampoco, y no tenía idea de para dónde iba esa pregunta.

—¿Y eso qué tiene que ver?

—La bebida sube muchísimo las cuentas.

—Bueno, si pedimos una coca...

—Ubícate, hermanito, y llévala a comer pizza.

Ubicarme, probablemente, era algo que me hacía falta. Pero no estaba en condiciones de hacerlo en ese momento, así es que mejor cambié el tema.

—¿Qué pasó con el libro, siempre sí vas a querer que te ayude?

—No. Fue un relajo, pero ya averigüé quién es la autora y mañana voy a ir a su casa para que me dé una copia.

—Ah, bueno.

Al colgar con Luis Esteban revisé de nuevo mis ahorros. Y era cierto. Apenas podrían pagar una pizza para dos.

—Además, ¿en qué la vas a llevar, en bicicleta? —fue una pregunta que le faltó hacer a mi hermano, pero yo solito me la hice. Y también, solito me la contesté:

—Pues en taxi.

Y tuve un diálogo medio belicoso conmigo mismo que no tiene caso transcribir aquí, pero del cual pude concluir que TODO cuesta mucho dinero y que sería mejor ahorrar un poco más antes de aventurarme a invitar a Nadia a cualquier lado. De todos modos, yo no podía esperar más para verla de nuevo. Ella tendría que invitarme de nuevo a su oscura casa.

Tal como imaginé, el papá de Nadia ya había salido. Ella no tuvo el menor reparo en invitarme a pasar. Llevaba puestos unos shorts de mezclilla y una playera. Era un otoño caluroso aquel.

—Hola. Vine a ver cómo está Ramón. Hace tiempo que no lo veo...

Nadia sonrió, dándome a entender con esa sonrisa que no me creía nada.

—Bueno, también, quería, este, bueno... sabercómoestabastú.

—Estoy bien.

(Piensa, piensa, si ya tenías todas tus preguntas, caramba, ¡¡¡di ALGO!!!)

—Y... ¿tupapá?

No son errores tipográficos, es que así de atropelladas me salían las palabras.

—Ya se fue.

Un minuto de silencio en honor a mi torpeza.

—Cuéntame, ¿qué fue lo que hiciste con Ramón? —dijo.

Casi le beso las manos. Una pregunta era lo único que necesitaba.

Le conté entonces, sin trabarme casi nada, cuanta cosa ocurrió desde que había recogido al perro aquella tarde en su casa, hasta que se lo entregué de vuelta. Cuando le platiqué que Ramón había confundido un libro con una merienda, Nadia sonrió, y podía ser que le pareció muy gracioso que su perro se hubiera comido la tesis esa y al mismo tiempo metiera a mi hermano en un liazo. Pero no era una sonrisa de gracia. Era una sonrisa de satisfacción. De algo anticipado. No es que tuviera yo un doctorado en interpretación de sonrisas, pero había algo extraño detrás de aquélla.

—¿Y tú? ¿Qué hiciste estos quince días?

—Mi vida aquí es muy aburrida, la verdad. Mejor cuéntame más de ti.

(¿Y tú crees que mi vida es divertidísima? Te voy a decir qué tanto, sólo pienso en ti a todas horas.)

—¿Qué te cuento de mí?

—Cuéntame de tus amigos.

"Bueno", pensé con resignación. "Si no me va a contar nada de ella, al menos que tenga bien claro quién soy".

Y así empezó. Esa noche Nadia se quedó con un montón de datos míos, desde mi fecha de cumpleaños (a la que no hizo la menor alusión humorística), hasta mis buenas relaciones con mis hermanos.

Yo, en cambio, no me enteré de nada, excepto que su papá trabajaba de noche. Y cuando ya no me quedaba más que decir acerca de mí mismo, no tuve más remedio que empezar a despedirme. Y fue hasta ese momento en que se me ocurrió mirar el reloj enorme que había en el descanso de la escalera.

—Está mal tu reloj, ¿no?

—No.

¿Cómo era posible que hubieran pasado cuatro horas desde mi llegada a casa de Nadia? El relojote me decía que eran las once y media. Y el sentido común me decía que cuando llegara a casa me iban a poner como chancla.

—Híjole, se me fue el tiempo volando.

—A mí también —dijo Nadia.

Los ciento veinte pasos se convirtieron en la mitad, los corrí lo más rápido que pude; el viento me destemplaba los dientes, pero no podía quitarme la sonrisa. Cuando

llegué a casa mis papás ya le habían hablado a mi hermano, a todos mis amigos y a Locatel. Y sí, el sentido común rara vez falla. Mis papás estaban enojadísimos, aunque suspiraron de tranquilidad al verme pasar por la puerta.

—Estaba en casa de la vecina nueva. Perdón, se me fue el tiempo.

Es cierto que yo no acostumbraba desaparecerme, y no lo hubiera hecho ese día tampoco, pero también es cierto eso de que el tiempo pasa de maneras distintas cuando uno está enamorado. Dos semanas sin ver a Nadia me habían parecido como meses, y esas cuatro horas en su casa se me hicieron cuarenta minutos. "A ella, también", pensé.

Me disculpé treinta mil veces y mis papás se dieron cuenta de que en realidad sentía mucho haberlos preocupado. Aun así, me mandaron a dormir y anticiparon un merecido castigo, el cual elucubrarían esa noche.

Mi hermana Carmen me sorprendió con la sonrisota en los labios mirándome al espejo y llegando a la conclusión de que, hasta eso, yo no estaba nada feo.

—¡Oye! —le dije—. ¿Qué no sabes tocar? ¿Qué tal si me hubieras agarrado desnudo?

—No sería la primera vez, baboso, ¿quién te cambiaba los pañales?

—Pues tú —le dije, y podía haber seguido con "pero ya no soy un bebé" o algo así, sin embargo no tenía ganas de discutir. Estaba contento, todo yo, a pesar del regaño, a pesar de que sabía que iba a estar castigado no sé cuánto tiempo, a pesar de la pena que me provocaba haber preocupado a mis papás. No necesité decirle nada de eso a Carmen. Ella se dio cuenta.

—Ajá —dijo como imitándome, en ese tonito de burla que todos conocemos—, un poema para la tarea, sí, chucho. Ya, flaco, confiesa, qué onda con la vecina, ¿eh?

No dije nada, pero supongo que mi cara de menso era lo suficientemente elocuente.

—Bien, flaco —me dijo Carmen y se acercó a darme unos golpecitos en el pecho—. Pero cuídame ese corazoncito, ¿va?

—Va.

Esa noche soñé con Nadia, con Carolina y con el reloj de *La guerra de las galaxias*, que aún funcionaba, pero desde un par de años atrás permanecía guardado en mi buró. Soñé también con Juliana, con mis papás y con la Miss Antonieta. Todos en un mismo sueño raro, divertido y sin ninguna interrupción.

10

El lunes siguiente tuve otro problema con Germán, el de deportes. Desde aquella dormida en su clase, me había agarrado una especie de aborrecimiento. Aprovechaba cualquier ocasión para regañarme, o incluso hacerme quedar en ridículo frente a los compañeros.

Esa vez, como ya se le había hecho costumbre, Pedro me estaba haciendo burla de mi enamoramiento. Admito que empecé a perder un poco la paciencia y le dije en una voz no muy baja:

—¡Ya, Pedro!

Germán se acercó, me miró retador y me dijo que su clase no era para andar arreglando problemitas personales.

—Cincuenta sentadillas.

Las sentadillas eran una de las peores torturas para mí, porque me costaban un trabajo endemoniado. Germán sabía esto, y yo sabía también que era inútil chistar, pues era una costumbre entre los maestros que mientras más renegaba uno, peor le iba. Así es que no dije nada, sólo lo vi con furia.

Y para molestarme más, le dijo al resto del grupo que tendrían diez minutos de descanso. Les pidió que se sentaran alrededor de la cancha de básquet y yo, claro, tendría que hacer las tontas sentadillas en el centro.

Estaba tan enojado que me tuve que aguantar mucho para que no se me salieran las lágrimas. Eran unas lágrimas muy distintas a las que me había sacado unas noches antes el poema de Neruda. Éstas eran de coraje, el cual no sabía exactamente en quién depositar, si en Germán o en Pedro. Así es que repartí mis furiosas miradas alternadamente entre los dos. Germán me las contestaba con la misma rabia; Pedro, con arrepentimiento.

Mi orgullo le prestó fuerzas a mis piernas, o yo no sé cómo le hice, pero logré completar las cincuenta sentadillas.

En la clase siguiente, Pedro me mandó como quince papelitos de disculpa, pero ninguno de ellos tuvieron respuesta. Sí. Estaba haciendo mi berrinche, cosa muy poco frecuente en mí, pero como ya he dicho, mi estado emocional era muy, muy incierto. En cuanto tocó el timbre de salida de la última clase, no quise hablar con nadie, me salí de la escuela tan rápido como me lo permitieron mis pobres piernas, que ya para entonces empezaban a sufrir las consecuencias de las cincuenta sentadillas.

Saber que tendría que permanecer toda la semana encerrado era una idea que me parecía casi insoportable.

Y no porque no lo hubiera hecho antes. Castigos había recibido por cientos, y no de simple confinamiento, durante mucho tiempo fui un experto en frases; ya saben: "no debo responder a mis mayores alzando la voz" o "no volveré a dejar platos llenos de cereal debajo de la cama".

Y también busqué muchas palabras en el diccionario. Ése era el castigo predilecto de mi madre, escribía una lista de palabras, cuyo largo dependía de la gravedad de la falta, y no podíamos levantarnos de la mesa del desayunador hasta haberlas encontrado todas. Aquello podía parecer de momento muy engorroso, pero con el tiempo fue muy útil. Aunque siempre parecía raro que un niño de diez años usara palabras como "ortodoxo" o "paroxismo".

Dejé de ver televisión muchos días, y, también, muchas veces me había quedado sin salir. Pero ahora eso significaba que no podría ver a Nadia en toda la semana. Y eso me ponía de un humor de los treinta mil diablos.

—Ocupa tu tiempo en algo de provecho —me sugirió mi mamá cuando me vio a punto de morir de aburrimiento, y eso que era el primer día de toda una semana de castigo.

"Algo de provecho", en labios de una madre, suele significar cosas como arreglar el clóset, los cajones, componer esa pata de la cama que está medio endeble, resanar los hoyos que le hicieron a la pared con los dardos, colocar un par de repisas en la cocina como especiero, etc. Algo de provecho tenía que ser, necesariamente, muy doméstico.

Opté por la primera. Luis Esteban, para su mudanza, había revuelto todo el clóset. Ahora, en su departamento parecía haberse convertido en una persona ordenada, pero cuando vivió con nosotros nunca lo fue. Y claro que para sacar sus cosas tuvo que revolver las mías, que se habían quedado así desde entonces.

Me puse en traje de carácter, es decir, unos shorts y un paliacate en la cabeza, e hice unos ejercicios de respiración antes de proceder con la dura tarea.

Entre las mil quinientas porquerías que me encontré y las cuales conservé a pesar de las sugerencias de mi madre de hacer un tiradero monumental, estaba, en un rincón del clóset, hasta arriba, el violín que mi papá me había regalado. Me senté en la cama con el estuche en las rodillas, y una vez más recordé las palabras de mi padre acerca de las filas de mujeres que tendría cuando llegara a ser un gran violinista. Me arrepentí entonces de no haberle hecho caso. No estaba seguro de que tocando el violín pudiera conquistar a Nadia. Desde luego no había resultado con Carolina, pero para entonces yo ya hubiera llevado siete años de clases. Estaría en condiciones de tocar algo bueno.

—No, cuate. Yo creo que estás un poco viejo para empezar de nuevo con eso —me dijo Carmen, que me miraba desde el marco de la puerta.

—¿Tú crees?

Carmen se encogió de hombros.

—Además, tendrías que dejarte el pelo largo para completar el *look*. ¿Cuándo has visto un violinista de pelo corto?

Yo no había visto muchos violinistas, pero la idea del pelo largo no me pareció mala. Y, a pesar del pesimismo de mi hermana, tampoco la de comenzar de nuevo las clases de violín.

—Con lo que me ahorre de las peluquerías, me pago las clases —me dije más a mí mismo que a Carmen.

—Ajá, flaco, ajá —me contestó ella, como dando a entender que le quedaba claro que mis neuronas no andaban funcionando del todo bien.

De inmediato busqué en la agenda antediluviana de mi mamá y encontré el teléfono del maestro de violín. Pasaban de las diez y no me pareció correcto hablarle a esas horas, así es que lo apunté en un papelito y lo dejé en mi buró. Enseguida fui a pedirle a mi papá su disco de Rimsky Korsakov, *Scherezada*, que era un disco que yo oía cuando era chico, al principio medio a fuerzas porque tenía unos solitos de violín que mi papá consideraba que era necesario que yo oyera durante mi proceso de convertirme en virtuoso. Y luego la oía porque llegó a gustarme mucho, era como el *soundtrack* de una aventura de la cual yo era el príncipe protagonista.

Llegó la medianoche y mi cama seguía hasta el tope de cosas, encima de las cuales decidí dormirme dos segundos para recuperar fuerzas. Era muy agotador eso de arreglar un clóset.

Apagué la luz de arriba y dejé sólo la lamparita. También dejé la música.

Cuando desperté de nuevo, la única luz que alumbraba mi recámara era la de la luna; *Scherezada* seguía sonando. Había dejado abierta la ventana y la cortina gruesa. La de gasa volaba dentro de mi cuarto, empujada por el viento. Intenté levantarme de la cama, y no pude, tenía las piernas hechas garrote, y por un momento me asusté, había olvidado las cincuenta sentadillas. Ayudándome con los brazos logré ponerme de pie y me dirigí a la ventana repitiendo "ouch, ouch". Antes de cerrar la cortina me asomé a la azotea de la casa de Nadia y ya no pude moverme. Ahí estaba ella, en una silla larga, de esas que sirven para asolearse junto a las albercas. Vestía un camisón blanco, largo y sin mangas. Y también tenía puestos unos lentes de sol. Ramón estaba echado al lado de la silla. Hubiera parecido ridículo eso de los lentes de sol a esas horas de la madrugada, si la luna no hubiera estado iluminando con esa intensidad.

Como si hubiera sentido mi presencia, Nadia se quitó los anteojos y, lentamente, se levantó de la silla. Yo pensé en quitarme el paliacate de la cabeza y agitarlo para saludarla, pero pensé una micra de segundo en el estado de mi cabellera abajo del paliacate y mejor no lo hice. Me pregunté cómo era posible que yo estuviera viendo sus ojos verdes y su sonrisa con tanta claridad a esa distancia. Pero lo hacía.

Nadia levantó sus brazos y los colocó en dirección a mi ventana. En ese momento la música pareció subir de volumen. Pensé que tal vez el control remoto del aparato se había quedado tirado por ahí y accidentalmente lo había pisado. Pero no. También pensé que el escándalo de Rimsky Korsakov iba a despertar no sólo a mis papás y a Carmen, sino a todos los inquilinos del edificio, y puede que de la cuadra. Intenté acercarme al aparato para bajarle, pero no pude moverme de la ventana. Era, sí, el dolor intenso que sentía en los muslos, pero también era algo más, como si el piso de mi cuarto fuera de metal; y mis pies, un par de poderosos imanes.

Por alguna razón no me asusté. Hasta a mí me pareció raro, porque he de confesar que yo era más bien cobardón ante las cosas que parecían salir de la normalidad. Y eso que me estaba sucediendo estaba muy, pero muy lejos de ser algo normal.

La música seguía sonando, pero nadie vino a mi cuarto a reclamar nada. Aún no podía despegar los pies del piso. Nadia tenía los brazos levantados hacia mí, y Ramón se había incorporado. De pronto, me pareció ver que el cuerpo de Nadia empezaba a elevarse. Siguiendo uno de los mayores lugares comunes de la historia, me pellizqué un brazo para verificar que no estaba soñando. También me tallé los ojos, tan duro que cuando los volví a abrir, veía todo borroso. "Todo" era concretamente Nadia, que seguía elevándose por el aire, atravesando el espacio que separaba su azotea de mi ventana. Era para que yo saliera corriendo de ahí y fuera a despertar a gritos a mis papás. Pero, por una parte, seguía sin poder despegar los pies del suelo. Y por otra, aunque estaba ciertamente sorprendido, no había mezclado en mi sorpresa ni un gramo de susto.

Nadia siguió flotando en el aire hasta que su cara quedó a veinte centímetros de la mía. La luz de la luna parecía potenciar sus colores: su cara era mil veces más blanca; sus mejillas, rosadas; sus ojos verdes se veían clarísimos, casi transparentes. Y sus labios rojos y brillantes. Era la única parte de su cara que no parecía natural. Yo estaba a punto de decir no sabía qué, pero algo, cuando ella llevó su dedo índice hasta mis labios. Estaba frío. A una temperatura muy parecida a la de la mano de su papá. Después me miró; con los ojos verdes transparentes que traía esa noche, pareció atravesarme; y con esa mirada, estoy seguro, quería decirme "tranquilízate, no pasa nada". Y no pasó nada por unos segundos, pero de pronto, Nadia empezó a acercar más y más su cara a la mía. Y más... y más.

Cerré los ojos, sabiendo que estaba a punto de sentir sobre mis labios los suyos, helados, que aun a esa temperatura, me derritieron por completo.

Y así, todo derretido, desperté de nuevo, sobre el montón de tiradero que estaba encima de mi cama. Parecía que no había pasado ni un segundo entre el beso de Nadia y la mano de mi papá zarandeándome por el hombro.

—Bonito sueño, ¿eh? —me dijo mi papá riendo.

—¿Eh?

—Hace mucho que no te veía esa sonrisita; ándale, párate que es tarde.

"Vaya con el oportuno de mi papá", pensé.

—Dos segundos, ¿sí? —le pedí, esperando poder retomar mi sueño justo donde se había quedado.

—Nada de dos segundos, son siete y veinte —negó él y me quitó el suéter viejo que había usado esa noche a manera de cobija.

Bueno, ni hablar, el deber era el deber.

Sólo alguien que ha hecho cincuenta sentadillas bien hechas de jalón, después de toda una vida de haber hecho como seis, puede comprender el estado que tenían mis piernas esa mañana. Pero estaba contento. Aquel sueño aseguraba mi buen humor para todo el día.

Caminando como una especie de Robocop artrítico me fui al baño. Me acerqué al espejo del baño para hacer ese ademán del puño en la mandíbula que quiere decir algo así como "¡bien, matador!". Y entonces sí me quedé helado. Mis labios estaban rojos... brillantes. Con la mano temblorosa tomé un pedacito de papel de baño y me los restregué. Me quedé más helado: mis labios ya no estaban rojos.

Pero el pedacito de papel de baño sí.

11

Por una parte era una suerte que la penumbra de mi cuarto o la falta de lentes de mi papá no le permitieran ver aquello, ya suficientemente inquieto lo tenía con mis reportes y mis llegadas tarde, como para que también pensara que en las noches me dedicaba a pintarme la boca. Nadie, nunca, iba a creer lo que había pasado. Yo mismo no alcanzaba a comprenderlo.

¿Quién era en realidad esa niña de ojos verdes?

¿Por qué estaba yo tan tranquilo, si era una experiencia capaz de aterrorizar al más pintado (por cierto)?

—¿Otra vez el perrito? —me preguntó Pedro en cuanto me vio.

—Pues... no.

—¡Ah, el amor, el amor! —dijo el payaso y se alejó silbando la tonada de "Amorcito corazón".

Muy cerca de Pedro se acercaba caminando Juliana. No necesité mirarla más que una micra de segundo para reconocer lo que traía. Venía, justamente, hacia mí. Y sí, reconocí su sonrisa boba y su mirada perdida. Cuando llegó hasta donde yo estaba, me miró, esperó una respuesta de vuelta (sólo una mirada, ambos sabíamos que no necesitábamos hablar) y yo se la di. Le sonreí. Me daba gusto que estuviera en ésas. Y, claro está que después de las primeras miradas de complicidad, lo que ella quería era soltarme todo el rollo. Por mala suerte en ese preciso instante sonó el timbre.

—¿Nos vemos en el primer descanso?

—Va.

La verdad era que Juliana y yo no estábamos precisamente en la misma sintonía. Si yo no hubiera tenido ese sueño tan raro, o bueno, si lo hubiera tenido sin lo que vi después en el baño, sí, claro, estaría derramando babas tal y como lo había hecho durante las últimas tres semanas. Pero ahora estaba un poco nervioso. No tanto como debería, es más, ni siquiera estaba precisamente asustado, sólo me sentía un poco inquieto.

Nunca antes había considerado como una terrible desventaja que mi salón estuviera en el segundo piso. Agradecí, en ese momento, no estar en tercero de secundaria, porque así se manejaban las cosas en la escuela. Los salones de primero estaban en el primer piso, y así sucesivamente. No había seis pisos, había dos edificios, y la preparatoria estaba acomodada igual. Antes de escuchar el timbre de la entrada no había contemplado que para llegar a mi salón tenía que subir un piso. No estaba seguro de poder hacerlo. En verdad, no estoy exagerando. Si alguien piensa que lo hago, adelante, hagan cincuenta sentadillas y al día siguiente me cuentan. Bueno, las escaleras que se supone debían llevarme a mi salón se presentaron imponentes; me sentía como un alpinista inexperto aventurándose a subir el Everest.

Tenía que hacerlo. Pero ni siquiera podía caminar. Y justo estaba a punto de llegar al primer escalón, mientras me concentraba para no sentir dolor (había visto una vez un documental de orientales que a través de la meditación podían lograrlo), cuando, al lado de la escalera, se me apareció la funesta figura de Germán. Funesta siempre, pero más, mucho más ahora. Podía haber encontrado un cúmulo de razones por las cuales Germán estuviera allí. Pero yo sabía que era una sola: Germán se había parado junto a esas escaleras para disfrutar mi agonía. Al verlo lo primero que hice fue contemplar una vía alterna para llegar al segundo piso. No había tal, la cultura de consideración hacia los minusválidos era algo que no había llegado a mi escuela. Usar las escaleras era la única forma de subir. Y la única manera que yo tenía de hacerlo era como si tuviera dos prótesis, nuevecitas, sin estrenar. Y, aparentemente, mi única alternativa era caer en la humillación. Y no podía permitirlo. Me detuve. Germán esbozó su primera, discreta sonrisa. Yo no podía dar un paso. Estaba entre la meditación zen y la hora, cuando detrás de mí apareció Melitón, el de química, quien estaba a punto de darme clases, no tenía ningún problema en las piernas y podía subir las escaleras como gamo y me dio una palmada en la espalda.

—Órale, Fernández, ya es hora.

"Sí, ya es hora", pensé yo. Pero no me moví. La sonrisa de Germán parecía acentuarse por momentos.

—No sientes dolor, no sientes dolor, no sientes dolor —me dije. No sabía si los orientales aquellos decían eso, porque era en un idioma que yo no entendía, pero me imagino que si la idea de la meditación era no sentir dolor, eso, a fuerzas, era lo que tenían que decir.

Después de haber dicho esto con los ojos cerrados como seis veces, y seguramente haber provocado la curiosidad de Germán, quien me miraba ya sin sonrisa, me atreví a dar un paso y en ese momento perdí toda mi confianza en la filosofía oriental.

Y lo que sucedió después me hizo perder toda mi confianza en la seguridad de la zona de la escuela. De quién sabe dónde, se acercó volando quién sabe qué cosa: era una especie de palomilla, negra y grandotota, que se dirigió justo a donde estaba parado Germán y, como avión enemigo (enemigo de él, aliado mío), se le fue encima y comenzó a atacarlo. Germán intentó espantarla, y lo normal es que uno espanta al bicho y el bicho se larga, pero esta vez no sucedió así. La palomillota lo atacaba una y otra vez, y Germán no lograba ahuyentarla con sus manotazos ni con sus gritos. Parecía muy asustado. Yo miraba

aquello esperando que la palomilla no me viera a mí, porque a decir verdad me hubiera comportado igual de cobarde o peor que Germán. A él no le quedó otro remedio que echarse a correr y encerrarse en el baño, cosa que yo, desde luego, no hubiera estado en condiciones de hacer. Yo me hice el occiso, bastante raro me debo haber visto silbando y viendo al cielo como diciéndole a la palomilla: "yo no estoy aquí". Pero no fue necesario. Una vez que Germán azotó la puerta del baño, la palomilla voló por donde había venido.

Yo aproveché el momento para subir lo más rápido que pude, aguantándome el dolor, pensando en que ojalá Germán no saliera del baño y, después de todo, tuviera la oportunidad de burlarse de mí. No sucedió. Llegué a la clase de química cuando ya había empezado. Entré, igual, caminando como robot. Y claro que una vez que logré llegar hasta mi banca, lo primero que hice fue pasar un papelito comunitario para contarle a todo el mundo lo que acababa de pasar. En la escuela los rumores corrían a la velocidad del sonido, así es que para la hora del primer descanso, ya toda la escuela sabía que Germán era un cobarde. Todos murmuraban al verlo pasar. Germán pronto se dio cuenta de lo que estaba sucediendo, y, supongo que después de acentuar la antipatía que ya sentía por mí, se me acercó y me dijo:

—Además de débil, eres miope. No era una palomilla, era un murciélago.

Yo no dije nada, porque después de tantas cosas raras que me habían pasado, podía perfectamente creer que un murciélago andaba paseando por la escuela. Pedro estaba junto a mí, y él fue quien protestó:

—Aquí no hay murciélagos, Germán.

—Yo no sé, pero eso que me atacó en la mañana era un murciélago.

Germán empezó a alejarse y Pedro se quedó con cara de "Sí, ándale pues, pobre loco". Yo no veía a Germán como si estuviera loco. Yo tenía la mente ocupada en otras cosas, atando cabos, tratando de no dejar volar demasiado mi imaginación porque estaba empezando a preocuparme.

Fue Juliana la siguiente en acercarse a donde estábamos Pedro y yo. A ella, en ese momento, no le preocupaba en lo más mínimo la cobardía de Germán ni la posibilidad de que hubiera un murciélago en la escuela atacando profesores. Ella tenía la misma sonrisa de en la mañana.

—¡Existe! —me dijo.

Pedro creyó que estaba hablando de murciélagos.

—Claro que no existe —le dijo, pero Juliana ni lo escuchó.

Yo hice ojos de pregunta, porque aunque me lo sospechaba, no estaba muy seguro de lo que Juliana quería decir.

—¡El amor, Sebastián, el amor!

Pedro nos vio a los dos como si fuéramos un par de aliens recién llegados al planeta. Hizo esa seña de llevarse el dedo índice a la boca como provocándose el vómito, se levantó y se fue de allí. Yo no sabía qué decirle a Juliana. De pronto me había hecho cómplice de algo en lo que no tenía, obviamente, ni pizca de experiencia, eso ella lo debía de haber comprobado cuando leyó mi composición, pero era claro que en ese momento esperaba una respuesta, o algo.

—Ah —dije; mi cerebro, evidentemente, no recuperaba aún sus funciones vitales.

—Y, ¿sabes qué? Tiene un airecito contigo...

—Ah —en verdad, no tenía idea de qué otra cosa decir.

Y ahora sí que me salvó la campana. Yo me sentía completamente estúpido, incluso cuando, al escuchar el timbre, Juliana se me acercó, me dio un beso y se fue, dando saltitos, a su próxima clase. Y, pensándolo bien, tal vez ella no esperaba una respuesta. Tal vez sólo buscaba alguien con quién compartir eso que sentía, y qué mejor que uno que estaba en el mismo estado de embrutecimiento y que, además, tiene un airecillo con el sujeto en cuestión.

Llegué a la siguiente clase, también, cuando ya había empezado. Además de la cobardía de Germán, ya todos en la escuela conocían el estado deplorable en que me habían dejado esas sentadillas, y hubo más de uno que pensó que yo había inventado el rumor como venganza.

Pronto empezó a preocuparme la escuela. Era increíble la cantidad de tiempo que usaba en pensar en Nadia, y aunque tenía en cuenta todas las cosas raras que habían ocurrido, era como de forma paralela. En realidad, la sensación incierta de ese beso frío era lo que más ocupaba mis pensamientos. Era lo que me distraía, y en lugar de hacer las tareas como manda el sentido común, las hacía al aventón, para poder acostarme en la cama, poner el disco de *Scherezada* y recordar el... ¿sueño? Sí, ya sé que suena cursi, pero así era. Así tal cual.

Como dije, había aumentado un día de lectura con los Santillán, con la idea de juntar suficiente dinero para esa cena que ya tenía perfectamente visualizada en mi mente. Quería llevar a Nadia al restaurante giratorio del Hotel de México, que era algo así como el lugar común de la elegancia y romanticismo y, aunque mi hermano insistía en lo ridículo que me iba a ver a mi edad en ese lugar, era el que me parecía mejor, y no pensaba dejarme convencer de lo contrario.

De modo que entre las lecturas, la nube en la que estaba instalado y la dificultad tradicional del segundo de secundaria, llegó inexorable la hora de la repartición de boletas. Casi me da el patatús cuando vi la mía. Es cierto que nunca me había caracterizado por ser un estudiante modelo, pero tampoco había en mi carrera escolar un enorme número de reprobadas. Bueno, ese mes, mi boleta mostraba cuatro números rojos, los cuales no parecía muy factible enseñarles a mis papás.

Esa tarde llegué a la casa como si estuviera llegando al tribunal de la Inquisición. Pensé en toda la gama de trucos para alterar las boletas que había oído en mi vida y que nunca había tenido la necesidad de practicar. Que si imitar la firma, que si poner seises encima de los cincos, fotocopiar la boleta y poner buenas calificaciones, en fin. Pero la verdad era que no me animaba a llevar a cabo ninguno.

Después de comer poco, me encerré en mi cuarto y me puse a leer el libro de historia. Claro, para dar una imagen de arrepentimiento un tanto prematura, pero posiblemente útil. Como suele pasar, esa tarde ni a mis papás ni a Carmen se les ocurrió aparecerse por mi cuarto.

A ellos no, pero a Nadia sí. No se apareció por mi cuarto, pero al atardecer escuché unos silbidos que venían de afuera. Los ignoré por un momento, pero después escuché mi nombre a gritos.

Me asomé por la ventana. Nadia estaba parada en la azotea de su casa, con Ramón, haciendo altavoz con sus dos manos.

—¡Hola! —gritó. Yo respondí con un hola igualito.

—¡¿Qué?! ¿¡Siempre sí me vas a invitar a tu casa!?

Según yo, ya la había invitado; digo, no le había mandado una tarjeta rotulada con su nombre y una petición de confirmación, pero ella tenía entrada abierta a mi casa, a la hora que se le ocurriera y en la circunstancia que fuera.

—¡Pues sí!

—¡Dímelo entonces!

¿Dímelo entonces? Se me ocurrieron cien mil cosas que decirle en ese momento, pero "te amo con locura" no era algo de lo que yo quisiera enterar a todos los vecinos, y los gritos que traíamos se hubieran podido oír hasta Xochimilco.

—¡Te invito a mi casa! —decidí decir, porque supuse que eso era lo que ella estaba esperando como respuesta.

Sin darme una más, ella desapareció por las escaleras de la azotea, y diez minutos más tarde, estaba tocando el interfón. Bajé a abrirle, pensando en qué mal momento había escogido para visitarme, ya que faltaban quince minutos para que yo tuviera que irme a leerles a los Santillán.

Al ver sus ojos se me olvidaron las boletas, el murciélago, los Santillán y casi casi quién era yo.

Y pensé que era una majadería recibirla con la pregunta de "a qué vienes", pero hubiera sido de muchísima utilidad para mí que, al menos, me diera una pista. ¿Café? ¿Refresco? ¿Plática? ¿Una sesión de Nintendo? ¿Cuál era el paso a seguir? Me sentía con la imaginación que tendría un bloque compacto de cemento. Pero bueno, yo tenía un compromiso y no podía olvidarlo.

—¿Te gustaría acompañarme a una lectura?

Le hubiera dicho esto casi a cualquier otra niña esperando que me dijera en ese momento que acababa de recordar un compromiso pero que muchas gracias. Nadia no. No preguntó de qué, ni con quién, ni nada. Sólo dijo:

—Sí, vamos.

Y hasta pude percibir, o imaginar, algo de entusiasmo en su voz. Bueno, ésa era la solución, podía estar con ella sin tener que dejar plantados a los Santillán. Y ellos, estaba seguro, apreciarían a una visitante más.

—Estamos leyendo cuentos —le dije en el elevador—, así es que no te tocará algo a medias.

—Está bien —dijo ella.

Tuvimos que esperar los cinco minutos que yo ya sabía que le tomaba a la señora Santillán, primero, convencerse de que en verdad había sonado el timbre, y después, llegar hasta la puerta.

—Hola, Sebastián. Hola, nena —saludó la señora.

—Sí, traje a una invitada, ¿está bien?

—¡Pero desde luego!

Como debe hacer un caballero y eso todo el mundo lo sabe, esperé a que Nadia pasara primero. Pero se quedó parada en la puerta.

—Dile que me invite —me susurró al oído.

—Ya dijo que está bien, vamos.

—Tiene que de-cir-lo.

Otra vez con sus protocolos. La señora Santillán ya se había encaminado hacia dentro. La alcancé y le pedí que invitara a mi amiga. Ella se volvió hacia Nadia.

—Cualquiera que sea amigo de mi jovencito favorito es bienvenido en su humilde casa. Pásale, nena.

Y entonces sí, pasamos, y ya no pude practicar mis habilidades de gente decente, pues ya estaba dentro.

—Hola, hola, muchacho... ¿ahora sí trajiste a tu hermanita?

—No, don Roberto, es una amiga.

Nos acomodamos en los sillones. Tomé el volumen del librero.

—Bien —comencé—, cuentos de Chéjov. ¿Sabes?

Nadia asintió sonriendo. Yo empecé a leer algunos títulos, esperando que alguno de los Santillán me dijera cuál querían oír.

—A mí me gustaría que leyeras "El chico travieso" —dijo Nadia.

Ése era un título que no había leído aún.

—No sé si esté —respondí hojeando el índice.

—Sí está —afirmó ella con la seguridad que lo hubiera hecho el mismo Chéjov.

Lo busqué entre los demás y sí, ahí estaba. Miré a los Santillán como pidiendo su aprobación y ellos asintieron. El cuento se trataba de dos jóvenes que iban a pescar, y el joven aprovechaba la ocasión para declarársele a la joven.

Era obvio que Nadia se sabía el cuentito. Y conforme iba leyendo cada frase, sentía como si Chéjov estuviera plagiando todos mis pensamientos. Ese cuento decía justo lo que yo quería decirle a Nadia, aunque ciertamente hubiera escogido una forma menos cursi y más contemporánea de hacerlo. Pero la esencia era la misma, así es que por momentos sentía cómo se me enrojecían los cachetes y la voz se me ponía temblorosa; eventualmente apartaba mi vista del libro para verla a ella, quien no dejaba de mirarme, parecía que se estaba aguantando una carcajada, parecía como si me hubiera puesto en ese aprieto a propósito.

El cuento seguía con que el hermanito de la muchacha los cachó besándose y los chantajeó hasta el día en que se casaron. Bueno, así como lo cuento cualquiera podría decir que qué cuento tan bobo, pero la verdad es que yo, en ese momento, hubiera querido decir lo mismo que aquel tipo que vivió no sé cuánto tiempo antes que yo y, además, en Rusia.

Los señores Santillán opinaron que era un cuento muy divertido y que, además, yo leía muy bien. La señora se encargó de hacer una especie de elegía a mi persona, con las cosas que suelen decir las ancianas sobre uno, que tan responsable, que tan buen lector, que tan acomedido para todo, hasta que no soporté más y le dije que mejor leyéramos otra cosa.

—¿Me dejas leer el siguiente? —me pidió Nadia. Yo le dije que sí, pero en eso ella fijó sus ojos en un punto

específico y le cambió el semblante por completo. Era la foto del hijo de los señores Santillán. Nadia miró entonces a los ancianos, con la misma seriedad que había visto la foto.

—Es el hijo de los señores —le dije al oído, para evitar que fuera a preguntarles y tuviéramos que escuchar (yo por septuagésima vez) la historia del muchacho.

Le di a Nadia el libro, pero ella me dijo que se le habían quitado las ganas de leer. Entonces yo empecé otro cuento. Me había preocupado un poco el repentino cambio de Nadia, así es que terminando cada párrafo levantaba la vista para mirarla. Ella, durante toda mi lectura, no despegó la vista de la foto del hijo de los señores Santillán. Yo me hubiera sentido más cómodo en el Reclusorio Norte.

Cuando terminé el segundo cuento, los señores Santillán ya roncaban. Nadia tenía los ojos medio rojos, y era imposible que se debiera a que el cuento la había conmovido, porque se trataba de "Las botas", un cuento más bien cómico.

—¿Estás bien? —le pregunté a Nadia. Ella reaccionó como si la hubiera sacado de un profundo sueño.

—Ah... sí.

Desperté a los señores Santillán para despedirnos. A diferencia del saludo, que había sido un saludo normal, como uno saluda a dos viejitos a los que no ha visto en su vida, a la hora de la despedida Nadia los abrazó como si fueran sus tíos queridísimos a los que no va a volver a ver hasta el año que entra. Por supuesto que mi desconcierto crecía por momentos. Salimos del departamento de los Santillán y a Nadia parecía habérsele esfumado el buen humor que traía cuando llegamos.

—Creo que mejor me voy a mi casa —me dijo y me sumió en la frustración.

—¿Hice algo que te molestara?

—No... es sólo que es triste cuando se pierde un hijo.

Nadia se acercó para despedirse de beso; aún con los ojos rojos y sin decir nada más, bajó las escaleras.

—¿? —pensé en ese momento.

—¿¿¿¿¿??????? —pensé un momento después, cuando me di cuenta de que ni yo ni nadie habíamos mencionado que el muchacho de la foto estaba muerto.

Pero, definitivamente no tenía tiempo de ponerme a pensar que qué mala pata era haberme enamorado de una psíquica o de una chiflada. Una vez que Nadia desapareció por las escaleras, el problemón de las boletas ocupó de nuevo todos mis pensamientos. Ya había descartado la posibilidad de la trampa, eso por culpa de mi conciencia, que no me dejaba hacer ninguna trastada sin después darme una lata espantosa por mucho tiempo. Así es que en lugar de trampa hice estrategia.

Al día siguiente me tardé un poco más en bañarme, luego me hice menso un rato. Eso para la prisa. Fui al cuarto de mis papás y verifiqué que las cortinas estuvieran cerradas; después escondí los lentes de leer de ambos. Siempre los andaban perdiendo por todos lados, así es que eso no iba a despertar sospechas.

Mi papá me gritaba que ya era hora, que no íbamos a llegar y demás; yo fui al cuarto de mis papás y le grité de vuelta que tenía que enseñarle algo. Así es que ahí, en la penumbra y sin lentes, le di el comprometedor papelito.

—Ah, claro —dijo él mientras las tomaba. Las alejó un poco de sus ojos y después palpó todos los bolsillos de su vestimenta en donde no estaban sus lentes.

—A ver, Carmen, ¿cómo las ves? —dijo extendiéndoselas a mi mamá, quien repitió la operación mientras mi papá revisaba con la vista los posibles lugares en donde pudieran encontrarse sus lentes.

Mientras tanto, yo intentaba aparentar la mayor tranquilidad posible. Mi mamá se acercó a su buró. Los lentes no estaban. Y yo sabía que a los dos les costaba trabajo admitir que la vista ya no les respondía como cuando tenían veinte. Así es que también las vio, de lejos, y dijo:

—Ah.

—Bien... —dijo mi papá cuando recibió las boletas de vuelta para firmarlas. Y así lo hizo.

—Podría haber estado mejor, ¿eh? —agregó nomás por decir algo, porque en realidad no tenía idea de cuán mal estaba eso.

Vaya, pues sí, de alguna manera me sentía culpable, pero no tanto como si hubiera alterado, borroneado o firmado yo las calificaciones. Sí, era un fraude, pero un fraude un poco más ingenioso y no tan fraudulento. Al menos así intentaba pensarlo; de todos modos, mi conciencia me estuvo dando lata durante todo el día.

Y así, hasta las seis de la tarde, hora en que llegó Luis Esteban, después de haber anunciado su visita (cosa que nunca hacía) y pedir que procuráramos estar todos en casa para cuando él llegara. Venía peinado, tenía una corbata, lo cual a todos nos pareció extrañísimo, y también una botella de vino espumoso en la mano y una cara de felicidad que hacía mucho tiempo no le veía. Sí... sus ojos brillaban de una manera distinta, y su sonrisa... su sonrisa era algo que yo había visto muy seguido últimamente, en el espejo. Antes de que comenzara a hablar, yo ya sabía de qué se trataba todo aquello.

Se fue a la cocina y trajo copas para todos. Hizo todo el *show* de destapar el vino, pero no supo cómo hacer que el tapón explotara como en los anuncios.

—Bueno —suspiró, no importa.

Luis Esteban nos sirvió vino a todos. Yo se lo hubiera cambiado por una coca, porque mi paladar no estaba acostumbrado a cosas tan amargas y ese vino era muy amargo, pero era una descortesía espantosa, así es que me dejé servir. Ya con las copas en mano, Luis Esteban alzó la suya y dijo con una solemnidad medio bromista:

—Padres, hermanos, he venido a anunciarles que he encontrado al amor de mi vida.

Mis papás se miraron sorprendidos. Luis Esteban tenía novias a cada rato, pero nunca llegaba a darnos la noticia con tanto adorno. Carmen me vio, lo vio a él y luego me dijo al oído:

—¿Qué, es epidemia?

Mis papás se miraron entre sí, luego lo miraron sin saber qué decirle. Supongo que, como todos, esperaban un poco más de información. Y parece que mi hermano captó, así es que, sin quitar la enorme sonrisa de su cara, siguió con la que sí era noticia.

—Me caso.

Ahora sí que todos abrimos los ojos como platos. Uno a uno, mi mamá, mi papá y Carmen emitieron sus preguntas: "¿Cuándo?" "¿Quién es ella?" "¿Estás loco?". Luis Esteban, con la paciencia que da ese estado que ya me parecía conocer tan bien, las contestó todas:

—En un mes. Ella es diseñadora, pero trabaja de maestra. También escribe.

Esto de "también escribe" lo dijo con un orgullo como si estuviera hablando de Sor Juana.

—Y no estoy loco, por primera vez estoy enamorado.

Si yo hubiera estado en otro canal, en ese momento mi hermano me habría parecido el Zar de los Ridículos. Pero bueno, si yo hubiera tenido un poco más de edad y algún medio de subsistencia, seguramente ya me hubiera cruzado por la cabeza una idea semejante.

—¡Oye, qué bien!

Mi opinión dio lugar a que los demás empezaran a decir las suyas: "Es muy pronto", "no la conoces", "el matrimonio es algo muy serio", éstas, de mis papás, porque a mi hermana sólo le surgió una preocupación:

—¿Qué me voy a poner?

Claro, si había boda, implicaba pachanga, pachanga requería vestido. Y acompañante. Mientras yo me instalaba en el mismo egoísmo que Carmen y pensaba qué magnífica oportunidad era esa de invitar a Nadia, mi hermano, respondiendo a otra pregunta, dijo el nombre del amor de la vida en cuestión, mirándome a mí:

—Se llama Juliana.

Pues sí. El amor de la vida de mi hermano era nada menos que Juliana, mi maestra. En ese momento entendí aquella cosa que me dijo en el recreo, que "tenía un airecillo conmigo". Diez años de diferencia de edad no nos quitaban a Luis Esteban y a mí el parecido. Vaya, pues veníamos a confirmar eso de que "el mundo es un pañuelo". Y más allá iban las coincidencias. Había un solo responsable en la historia de amor de Luis Esteban y la mía:

Ramón.

Bien simple: la tesis que se había comido Ramón era la tesis de Juliana. Luis Esteban, para reponerla a la biblioteca, había tenido que buscar a la autora para que le diera una copia. Se vieron, en el mismo instante se enamoraron y en dos semanas ya habían tomado la decisión de casarse. A mí me dio muchísimo gusto que se tratara de ella, porque siempre me había parecido una persona excelente, y qué mejor tener de cuñada a una persona excelente que, además, era maestra de la escuela.

A mis papás no les dio más confianza que mi hermano fuera a casarse con alguien que yo ya conocía. Pero Luis Esteban parecía absolutamente seguro de lo que estaba diciendo, y a ellos no les quedó otro remedio que felicitarlo.

—Tienes que traerla pronto, hay que darle el visto bueno —le dijo mi mamá ya sintiéndose suegra.

Mi papá y yo lo felicitamos. Cuando yo lo hice, él me dijo que apenas un par de días antes habían establecido la coincidencia de que yo tenía algo que ver con los dos.

—A ella le encantó tu composición.

A mí de momento me dio un poco de vergüenza que Juliana le hubiera hablado a mi hermano de eso, pero la deseché cuando me di cuenta de que Luis Esteban estaba igual de cursi, o peor, que yo.

Esa noche, a pesar de que mi conciencia me seguía recordando de vez en cuando que había hecho una trampota, me fui a dormir contento. Me parecía divertido todo aquello. Que todo resultara parte de la misma historia: Nadia, Ramón, la tesis, la boda de mi hermano.

Soñé raro: era una boda, que empezaba siendo de alguien más, pero terminaba siendo la mía. No era un sueño agradable, me sentía algo oprimido, por decirlo así; no era una boda muy tradicional, porque en lugar de que el novio estuviera esperando a la novia en el altar, era ella quien me esperaba a mí, de espaldas. Yo caminaba con los pies pesados, como queriendo escapar de allí, y cuando llegaba al altar, la tal novia se daba vuelta y en lugar de ver a Nadia, que era lo que en el sueño estaba esperando, veía a una mujer sin cara.

Me desperté sobresaltado, casi podía oír los latidos de mi corazón. Al ver que estaba en mi cuarto y no en una iglesia a punto de contraer matrimonio con una mujer sin cara, me sentí inmensamente aliviado. Me volví a dormir y procuré mejor ya no soñar con nada.

Al día siguiente continuaba un poco nervioso por el sueño. Los nervios me duraron un rato, pero pronto vino el pensamiento de Nadia a echarlos para afuera. Sólo podía pensar en esa cena a la que quería invitarla, en la que pensaba, por supuesto, declarármele.

Llegué a mi casa a ver la tesorería. Me había librado del castigo de cuatro meses que seguramente me hubiera llevado por las calificaciones, pero aún persistía el problema económico. Tenía doscientos pesos. Y la verdad era que no tenía idea de cuánto costaba la comida que no era rápida. Si mi idea hubiera sido llevarla por hamburguesas, me alcanzaría de sobra. Pero tal vez por el recuerdo de la declaración fallida a Carolina, ni siquiera las tuve en cuenta. Y tal vez porque siempre he sido medio romántico, me hacían falta las velas, el mantel y vasos de vidrio. ¿Cómo sonaría el brindis con vasos de plástico cuando Nadia me dijera que sí quería ser mi novia? Yo, evidentemente, andaba con un ánimo muy optimista.

Durante el tiempo que siguió, no podría decir que escarmenté con la experiencia de ver tantas reprobadas en mi boleta. Seguía en la misma nube y con el mismo ritmo de trabajo con los Santillán, así es que no tenía mucha concentración para la escuela.

Era increíble que cada cosa que se me ocurría, se me ocurría pensando en Nadia que, al menos hasta entonces —fuera de ese beso que aún ni siquiera sabía en dónde situar, si en la realidad, en un sueño o en una especie de locura temporal—, no me había dado absolutamente ninguna señal. Como estaba en periodo ahorrativo, no pude invitarla a ningún lado, pero la visité un par de veces, que fueron muy parecidas a la primera. El tiempo voló, yo platiqué de mí; ella, casi nada de sí misma. Ella platicaba sobre las cosas que había leído, la verdad era que de pronto me llegaba a sentir como un ignorante frente a todo lo que ella sabía, que para ser tan chica, tenía un montonal de conocimientos que yo no le había visto a nadie de nuestra edad.

—Es que no soy tan chica —me dijo una vez.

—¿No?, ¿cuántos años tienes?

—Bastantes más de los que aparento.

Nunca me quiso decir cuántos, pero no lo tomé mucho en cuenta, pues, por muchos que tuviera, no podía ser más de dos años mayor que yo. Y eso no era un impedimento, y menos con mi experiencia anterior con Carolina, que sí me llevaba muchísimos.

Pronto acabé por convencerme de que Nadia era una niña misteriosa. Todo alrededor de ella me parecía extraño, pero de alguna manera me atraía. Su papá y su trabajo nocturno, Ramón, que había resultado ser un perro Cupido, aquel sueño que tuvo tanto de realidad, las cosas que ella parecía adivinar, como lo del hijo de los Santillán. Esto se lo pregunté después:

—¿Cómo supiste que el hijo de los señores Santillán había muerto?

Ella se puso algo nerviosa.

—Lo han de haber mencionado en algún momento —me contestó y trató de cambiar el tema. Yo sabía que no había sucedido así, y se lo dije.

—Pues, no sé. A ellos se les nota en la mirada una tristeza que sólo puede venir de una pena muy honda. Y no creo que haya algo peor en la vida que perder a un hijo.

Eso era cierto. Y me convenció.

14

Mi hermano y Juliana estaban vueltos locos con su boda. Como yo sabía que iba a pasar, a mis papás les cayó muy bien ella. Aunque seguían pensando que era muy pronto y que el matrimonio era un asunto muy serio, al menos estaban conformes con la novia. Los Santillán me habían aumentado veinte pesos por sesión de lectura, porque acababa de cumplir un año de trabajar con ellos y les parecía que un aumento era lo justo. A mí me venían perfectos.

Finalmente, llegó el día en que mi cajón guardó la inmensa fortuna de cuatrocientos pesos. Yo hubiera podido hacer muchas cosas con cuatrocientos pesos. Un par de videojuegos (de los baratos, claro), unos seis discos compactos, veinte hamburguesas, otras tantas entradas al cine. Pero no había nada que pudiera causarme tanta emoción como invitar a cenar a Nadia.

—Tú de veras estás pero chiflado —me dijo Pedro—. ¿Vas a gastar cuatrocientos pesos en invitar a cenar a una niña? ¿Quién te crees, Rockefeller? Mejor vámonos a Reino Aventura, o a algún lado; ¡con esa lana, hasta podemos ir al parque acuático de Cuernavaca!

Esto era sólo el principio de la enorme lista de mejores opciones que tenía Pedro para gastar mi dinero.

—Bueno, dile que lleve a una amiga y nos invitas a todos —fue la última, cuando se había convencido de que no pensaba quitar a Nadia del plan. Y de hecho, si mis intenciones hubieran sido distintas a declarármele, con gusto habría invitado a Pedro y a alguna amiga. Claro que pensaba que ésa la tendría que conseguir él. Por alguna razón yo sospechaba que Nadia no tenía amigas.

Creo que nunca había puesto tanto empeño en que algo me saliera bien. Todo lo planeé como si se tratara del trabajo final de la escuela, del cual dependía que pasara de año o no. Lo primero era propiamente la invitación. Era inútil empezar a pensar en el resto si en una de ésas Nadia me decía que muchas gracias pero no estaba interesada en cenar conmigo. Así es que tomé una hoja de papel y, con la mejor letra que me salió, le escribí, con toda formalidad, que la invitaba a cenar conmigo el sábado siguiente. Cerré el sobre con unas gotas de parafina roja y me dispuse a llevársela. Esto fue el martes. Ya entrada la noche, como de costumbre, fui a su casa, invitación en mano, y golpeé la puerta con el aldabón. Siempre me hacía esperar unos minutos antes de abrirme, pero ahora fueron bastantes más de los acostumbrados. Escuché movimiento dentro de la casa, cosa que usualmente tampoco ocurría. Un momento después, salió el papá de Nadia, como siempre, con su gabardina y su intenso olor a loción. Azotó la puerta y caminó por la calle como si tuviera muchísima prisa y no se hubiera percatado de que yo estaba allí. Cuando llevaba unos diez pasos, se volvió hacia mí y me saludó con la mano. Yo hice lo propio y entonces sí, lo vi alejarse decididamente. Por su semblante y actitud, pensé que tal vez acababa de discutir con Nadia o algo así, y sospeché que una vez más la había regado en el *timing*. Cuando estaba a punto de decidir que mejor me iba y regresaba a dejarle la invitación después, volvió a abrirse la puerta. Esta vez salió Nadia, un poco agitada. Su actitud aún no me decía si era momento o no de darle la invitación, así es que por lo pronto, la escondí tras de mí. Ella se me acercó, me saludó como si nada y me dijo que la siguiera hacia dentro de su casa.

—¿Quieres algo? —me preguntó.

"Algunas respuestas", pensé.

—Agua —dije.

Esta vez no tenía ganas de quedarme sentado ahí en esa sala oscura y sin espejos, así es que la seguí a la cocina, pensando en preguntarle si había peleado con su papá o algo por el estilo.

Preferí esperar a que ella me contara. Esperaba mal, evidentemente. Una vez más, fue ella quien se encargó de las preguntas. "¿Estás contento?" dio lugar a que le contara sobre mi hermano y Juliana, y lo que había tenido que ver Ramón en todo eso.

—¿Tú crees que cuando se casen podrían tenerlo?

Nadia soltaba así sus preguntas, como si yo tuviera todos los antecedentes o supiera exactamente de qué estaba hablando.

—¿Podrían tener qué?

—A Ramón. ¿Tú crees que les gustaría quedárselo?

—No sabía que estuvieras pensando en deshacerte de él.

—Aún no. Pero uno nunca sabe.

—Supongo que sí les gustaría. Pero uno nunca sabe.

¿Por qué Nadia me podía hacer las preguntas que quisiera y yo nunca hubiera pensado que qué chismosa era, y en cambio yo ni siquiera me animaba a preguntarle que qué onda con su papá sin sentirme el FBI? Ni idea.

Me resolví a darle la invitación. Le pedí que no la abriera hasta que yo me hubiera ido.

—Píntame tu respuesta en la azotea, ¿sí?

Nadia no contestó. Seguramente porque no sabía qué clase de pregunta era. Me acompañó a la puerta y salió, sin zapatos, a la calle. El brillo de la luna fue interrumpido por una nube que la cubría a la mitad. Era una imagen padre. Mientras la veía, Nadia me dijo:

—Sí.

—¿Sí qué? —dijo el torpe de mí.

Nadia levantó la invitación en su mano.

—La respuesta es sí —dijo, y me dio el ya tradicional beso de despedida que marcaba el fin de la conversación.

Todo el camino de regreso, en lugar de pensar qué cosas tan raras seguían rodeando a Nadia, pensaba que qué idiota yo, que de haber sabido que ella me iba a decir que sí sin ver siquiera el papel, significaba que me podía decir que sí a todo. Que lo que debí haber hecho era declarármele de una vez en el papelito.

Estaba tan emocionado que pensé que no podía llegar así a la casa. A fin de cuentas, en esos asuntos, yo no era tan comunicativo como mi hermano, y era un hecho que al verme así, alguien tendría que preguntar algo. Y también era clarísimo que yo no tenía ganas de responder a nada. No era tan tarde aún, podría usar unos veinte minutos para dar una vuelta. Ya había oscurecido, sin embargo. Y ya había oído algunas advertencias sobre los peligros de deambular en soledad en cualquier sitio de la ciudad. Y el Parque Hundido no tenía muy buena fama por su seguridad. Pero bueno, así como a algunos les pasa que el amor los hace sentirse débiles o vulnerables, yo en ese momento me sentía Schwarzenegger en el mejor de sus papeles.

Claro que el Parque Hundido por fuera era una cosa muy distinta al Parque Hundido por dentro. No había caminado ni veinte metros cuando empezó a entrarme miedito y decidí mejor salir y recorrer el camino restante por la banqueta de Insurgentes. En eso percibí una sensación que me era familiar. Miré alrededor pero no vi nada. Era una sensación olfativa. "¿Dónde he olido eso, dónde?", me preguntaba, pero no tuve que romperme la cabeza para obtener la respuesta. Un momento después, frente a mí cruzó una mujer. Yo a ella no la había visto en mi vida, ni de ella emanaba el olor aquel que me parecía conocido. Separado por cierta distancia, avanzaba detrás de ella el papá de Nadia. Aunque caminaba a varios metros y no parecía haber ansiedad en ninguno de los dos, a mí esa escena me dio la idea clarísima de persecución. Me quedé parado, viéndolos alejarse. Mi propio nerviosismo se vio desplazado una vez más por las dudas que me provocaba Nadia y todo lo que estaba alrededor suyo. ¿Qué demonios hacía su papá a esas horas en el Parque Hundido? Y, ¿por qué iba persiguiendo a una mujer? Yo ya estaba seguro para entonces de que había estado persiguiéndola.

Unos pasos que escuché detrás de mí me hicieron recuperar el miedo; ni siquiera me volví para ver de qué se trataba. Simplemente corrí hacia fuera del parque lo más rápido que me permitieron mis piernas y, aunque estuve a punto de dejar pedazos de mis pulmones en el pavimento de la avenida, no me detuve ni un segundo hasta llegar a mi casa.

Esa semana, excuso decir que no pensé en ninguna otra cosa que no fuera la cena del sábado. Cada día cambiaba un poco el plan, le añadía un elemento que pensaba útil, o le quitaba otro que de pronto parecía ridículo.

Sin temor a equivocarme, puedo afirmar que aquello estaba convirtiéndose en una obsesión. Cuidé todos los detalles, entre los cuales, por supuesto, no me faltó el del medio de transporte.

—Luis Esteban, tengo que hablar contigo, es algo súper serio —le dije a mi hermano por teléfono. Y después, frente a frente, cuando él ya se había imaginado lo peor (esa estrategia me la habían enseñado mis padres cuando lo del grupo de apoyo) le dije que por favor no fuera a sentirse ofendido, pero que necesitaba con urgencia sus servicios como chofer.

Él pensó que necesitaba que en ese momento me llevara a algún lado.

—No, el sábado. Al restaurante giratorio del Hotel de México.

Mi hermano estaba muy admirado, en primera, de que yo hubiera juntado cuatrocientos pesos. Y en segunda, de que fuera a gastármelos invitando a cenar a una niña. Afortunadamente mi hermano y yo estábamos en ese momento en las mismas. Pero, aunque no lo hubiéramos estado, y aunque algunas veces en nuestra carrera como hermanos tuvimos problemas, la consigna, siempre, era ayudar al otro. No importa que fuera una tontería. En ese momento mi hermano comprendía particularmente bien que lo necesitaba. Incluso me dijo que intentaría conseguir una gorrita.

—No, hombre, no es para tanto —le dije, pero no me molestaba la idea de llegar a recoger a Nadia con mi hermano disfrazado de chofer.

Por ridículo que parezca, esa semana taché los días del calendario. En serio que a veces era incapaz de reconocerme. Incluso llegué a hacer cosas que parecerían inconfesables: fui a la recámara de Carmen y tomé de su cajón una mascarilla para la cara que la había visto usar muchas veces y decía que era buenísima para el cutis. Tuve que encerrarme en el baño durante media hora, que era el tiempo que tardaba la cosa en hacer efecto. Desde el viernes verifiqué la manufactura de la comida para no permitir que mi mamá usara ajo en ninguna de las recetas.

Esa semana fallé en todas mis tareas. Mis sesiones con los Santillán eran de lectura automática, de esas veces que uno sigue las letras con los ojos y va repitiendo todo, pero en realidad no entiende nada de nada.

Lo único para lo que me servía el cerebro era para imaginar lo perfecta que sería la noche del sábado.

15

Y llegó el sábado. Un sábado en el que normalmente hubiera despertado a las once de la mañana, desperté a las seis y no pude volver a dormir. Me quedé dando vueltas en la cama. De pronto me puse la almohada en la cabeza y sentí un ligero dolor en la nariz. Ouch. Me toqué con el dedo. Una pequeña protuberancia. No era algo que no hubiera sentido antes. "¡No puede ser!", pensé y corrí al baño. ¡OH, NO!

Era el día más importante de mi vida, y el Dios del Acné había decidido manifestarse al mundo a través de mi nariz.

Sí. Era un barro. Uno de esos que están lo suficientemente enterrados para no poder hacer nada al respecto, y sin embargo notorio. Muy notorio. Mi nariz estaba hinchada y roja, y en el centro de aquello se asomaba un punto blanco. Y, para colmo, también me dolía.

Me quedaba claro que el destino estaba en contra mía. Pero era un poco difícil ponerme a hacerle reclamaciones al destino, y, como yo necesitaba un culpable, me dirigí al cuarto de mi hermana. La desperté con el escándalo que hice al buscar el tubo de mascarilla.

—¡¿Qué clase de menjurje es éste?!

Carmen, toda modorra, vio el tubo, me vio a mí, y me dijo:

—Es buenísimo para los barros, deberías de ponerte un poco ahí en la nariz.

Me desarmó. Tonta mascarilla, era buena para los barros, pero para aparecerlos. ¿Qué hacer? Empecé por ponerme un poco y salirme del cuarto de mi hermana atendiendo a su no muy paciente petición.

—Sirve, sirve, mascarillita, por favor.

No sirvió, claro. Cuando me la enjuagué lo único que pude ver fue mi nariz un poco más roja.

Intenté con una gota de limón, una rebanada de jitomate, una puntita de pasta de dientes. No parecía haber nada en este mundo capaz de desaparecer a mi enemigo el barro. Así es que no me quedó más remedio que usar la violencia. Agarré un alfiler, un poco de alcohol, y procedí.

Nadie quiere saber en qué acabó aquello. Sólo diré que parecía que un piel roja me había apuntado con su arco justo en la nariz. Y había atinado. Tenía dos posibilidades. Cancelarle a Nadia o irme a la cena con todo y mis dos narices.

Mi hermana Carmen interrumpió mi dilema. Entró en mi cuarto y me dio un tubito que parecía lápiz labial. Lo tomé y lo abrí.

—Es corrector —dijo ella.

—Es verde —dije yo.

Fue ella quien me lo aplicó. Luis Esteban ya se había encargado de contarle sobre mi cita de esa noche, y ella, solidaria, se unió a mi causa. Vimos que la cosa esa lo único que provocaba era que mi cara pareciera una pared recién resanada por un albañil incompetente. Así es que Carmen sacó algunas de sus revistas de belleza con la intención de encontrar cómo resolver mi problema.

—No te lo hubieras exprimido —dijo ella.

—No me lo exprimí, me lo agujeré —dije yo.

Nos pasamos la mañana tratando de hacer algo para solucionar mi aspecto. Pero nada funcionó. Con cinta adhesiva y un poco de gasa, mi hermana me hizo una curación. Parecía que me acababan de hacer una operación complicadísima en la nariz.

—No te ves tan mal —fue su opinión, pero lo dijo con cara de "te ves terrible". Y no era algo que no pudiera comprobar con sólo asomarme al espejo.

Al menos mi camisa estaba bien planchada.

Luis Esteban llegó por mí al diez para las ocho. No sólo había conseguido la gorrita, sino que había lavado su vocho. Supuse que nos veríamos rarísimos, yo todo arreglado pero con parche en la nariz, él disfrazado de chofer, los dos subidos en un Volkswagen limpio pero del año del caldo.

—¿Qué te pasó en la nariz?

—¿Tú qué crees?

—Te cayó ácido muriático, te mordió un ratón, te explotó el boiler...

—Un barro —preferí interrumpir la serie de suposiciones de Luis Esteban que me estaban poniendo de peor humor del que ya estaba. Él me puso una cara de conmiseración que casi me hace decidir, en ese instante, ya ni siquiera cancelar la cita, ir a encerrarme en mi cuarto hasta la semana siguiente.

—No es tan malo, hombre —dijo Luis Esteban.

—¿Qué te pasó en la nariz? —por supuesto que preguntó Nadia enfundada en sus pantalones aguados y su playera.

—Me picó una abeja —mentí. Por alguna razón parecía más decoroso haber sido atacado por una abeja que por un poco de grasa.

En ese momento supe que debí haberle avisado con anticipación a Nadia en qué consistía el plan. No es que me importara llevarla a un restaurante elegante en esas fachas, pero, ¿qué tal si llegábamos y no la dejaban entrar? Eso iba a ser terriblemente incómodo para los dos.

—Pérame tantito —le dije y asomé la cabeza en el coche para preguntarle a mi hermano qué opinaba del asunto.

—Yo no me arriesgaría —dijo.

Regresé con Nadia y le pregunté qué se le antojaba cenar. Su respuesta venía confirmando la especie de pesadilla que había empezado esa madrugada:

—Hace tiempo que tengo antojo de tacos de moronga.

Yo, claro está, no sólo no sabía en dónde conseguir un taco de moronga, sino que jamás en mi vida la había probado ni estaba en mis planes de vida hacerlo.

—Ah. Tacos.

¿En todas las taquerías había posibilidad de conseguir un taco de moronga? No tenía la menor idea. Mi hermano tampoco gustaba de ese tipo de comidas exóticas, así es que cuando me dijo, de acuerdo con el plan B:

—¿A dónde, señor?

Y yo le respondí:

—A algún sitio donde vendan tacos de moronga.

Se quedó muy desconcertado. Nos detuvimos en dos o tres taquerías de esas que estaban de moda, donde había música y videos. Pero en sus menús no existía lo que buscábamos. Fuimos ampliando el espectro y entonces Luis Esteban se paraba en cada taquería que veíamos y preguntaba si ahí servían moronga. Nos tomó más de hora y media y cuarenta y dos kilómetros del vocho encontrar LA taquería, en el centro de la ciudad en la que ni siquiera había mesas.

Yo no había hablado gran cosa en todo el camino, la verdad es que mi humor estaba bajo cero. Nadia intentaba hacerme plática, y yo contestaba uno que otro monosílabo, pero eso fue todo. Me sentía frustrado, después de planear tanto y esperar con tantas ansias ese día, en el que yo me había imaginado declarando mi amor a Nadia

a la luz de las velas con el acompañamiento de un violinista, me sentía terriblemente triste ahí, escuchando una cumbia en un radio de pilas y alumbrados por un foquito que colgaba de un cable.

Nadia pidió unos tacos de moronga. Yo no hallaba qué pedir, nada de lo que había allí se me antojaba ni remotamente, y claro está que se me había esfumado por completo la poca hambre que tenía.

—¿Buche, nana, cuerito o campechano, jovenazo? —me preguntó el taquero. Por un momento imaginé que podría sacar cualquiera de esos ingredientes de su panza. Sentí un mareo.

—¿No tendrá una tortilla sola?

Estaba despreciando el ofrecimiento del taquero en territorio del taquero, lo cual parecía de entrada, temerario. Su mirada me hizo saber lo que pensaba de mí.

—Bueno, deme uno de... de... campechano.

Total, si íbamos a comer cochinadas, que fueran de una vez todas las posibles. Nunca supe si el taco campechano estaba buenísimo o qué, porque me lo comí sin respirar. Nadia se comía los suyos con el gusto que yo me hubiera comido una pizza o una hamburguesa.

Estaba enojado. Muy enojado. Y sabía que si a alguien debía de reclamar algo era a mí mismo y a mi sistema glandular (por el barro, digo). Sí, claro, eso me estuve diciendo, que los planes no se armaban así, que no había que dar por sentado lo que la otra parte pensaba, que a veces estaba bien preguntar, o si no al menos, avisar que no había que ir en fachas. En fin. No podía reclamarle nada a ella, pero de todos modos estaba de malas. También con ella.

—¿Qué onda con tu papá, eh? —le pregunté. Esto no servía para reclamar nada, pero al menos podía tener una explicación. Tal vez lo dije en un tono no demasiado amable, porque Nadia, al oír mi pregunta, cambió su semblante de delicia por los tacos por uno de seriedad total.

—¿Qué onda de qué?

—No sé. Es raro tu papá.

Nadia reflexionó.

—¿Te parece?

—Pues sí.

Nadia volvió a reflexionar. Me miró con cierta complicidad. Pensé que estaba a punto de revelarme algo importantísimo, algo que me resolviera al menos uno de todos los misterios que la rodeaban.

—Sí. Es cierto —dijo. Yo me quedé esperando algo más, pero no lo que vino a continuación:

—Quinientos sesenta pares de calcetines son demasiados.

¿Habíamos cambiado de tema y ni me enteré?

—¿Qué? —pregunté.

—Sí —dijo ella—, ha de ser por su problema de hipotermia, pero debo admitir que son demasiados, es como una obsesión. Ni siquiera puede usarlos todos en un año...

Yo quería que me dijera por qué diablos su papá se dedicaba a perseguir mujeres en los parques y ella me decía de su colección de calcetines. A pesar de la seriedad que empleé al decirlo, pensé realmente que me estaba tomando el pelo. Me enojé más.

Nadia se comió el último de tres tacos, le dio el último sorbo a su sangría y se limpió la boca con actitud de haberse comido el más suculento manjar.

—¿Me da la cuenta por favor? —le pedí al taquero.

Él la hizo mentalmente.

—Son treinta varos —dijo.

Decepcionante, pero barato. Le di cincuenta pesos y le dije que se quedara con el cambio, con un tono de melancolía como si le acabara de dar el pésame por la muerte de un ser queridísimo.

Mi hermano sí se había comido algunos tacos, y cuando volvimos al coche estaba dormido como un chofer de cuatro años. Tosí para despertarlo.

Todo el camino de regreso miré por la ventana; mientras lo hacía, pensaba que no quería volver a ver a Nadia. Pero bastaba con que ella me dirigiera la palabra y yo me volviera para verla, para saber que, por más esfuerzos que hiciera, no iba a ser posible alejarme de esa sonrisa.

La dejamos en su oscura casa al diez para las once.

—Dile a tu hermano que muchas gracias —dijo Nadia, y a mí no me sorprendió que lo supiera. De hecho, la idea no era hacer pasar a mi hermano por un chofer de verdad, sino tener un detalle y un automóvil, sin el cual hubiera sido claramente imposible recorrer la ciudad para encontrar su cochina moronga.

—Cuídate esa nariz.

Esta vez Nadia no se acercó para despedirse de beso. Sólo sonrió, hizo adiós con la mano a Luis Esteban, luego me hizo un guiño y se metió a su casa. Mi hermano no preguntó nada; no quería arriesgarse a recibir un ladrido como respuesta.

—Gracias, Luis, en serio.

—Ya sabes, hermanito. Y mejor suerte para la próxima, ¿eh?

En ese momento yo deseaba que no hubiera una próxima.

Que los hombres no lloran, que menos por una niña, que las decepciones amorosas son cosa de mujeres. ¡Qué mentiras tan grandes! Esa noche, por segunda vez, me sorprendieron un par de lágrimas mientras miraba hacia la azotea de Nadia. Una y otra vez me pregunté qué pasaría, ¿por qué alguien en su sano juicio podría preferir moronga que un banquete en un restaurante? ¿Acaso Nadia conocía mi plan, como me había sorprendido con otras cosas y lo había hecho a propósito? ¿Por qué no me dio beso de despedida? En verdad me sentía ofendidísimo por eso, más que por todo lo demás.

Y así, como niño de tres años, me quedé dormido con mi berrinche.

16

Al día siguiente, por primera vez sentí la necesidad de hablar con alguien del asunto. Mi opción A y única era Pedro. Aunque Pedro tomaba casi todo a chunga, los asuntos de mujeres podían despertar de pronto su seriedad. Le invité una hamburguesa. Tenía trescientos cincuenta pesos sobrantes y necesitaba deshacerme de ellos porque cada vez que los viera iban a recordarme mi fracaso.

Yo, claro está, no comí. Entre los corajes y el taco campechano mi estómago había acabado por descomponerse completamente.

—Tómate un sidralito, ándale —a Pedro le daba a veces por hablar como mi abuelita. Y a mí por hacerle caso, y si Pedro y la mayoría de las abuelas creían que un sidralito era bueno para la panza, algo habría de cierto en eso, así es que me lo tomé, mientras le contaba a Pedro todo, no sólo mi fracaso de la noche anterior, sino todo lo que había sucedido desde que conocí a Nadia; le conté de su papá, de mi sueño, de las cosas que sabía sin que nadie se las hubiera dicho, de la oscuridad de su casa, de la odisea por las taquerías; en fin, todo. Pedro me escuchaba respetuosamente sin decir palabra, en parte porque todo el tiempo estuvo comiendo, con eso de que le iba a salir gratis el asunto. Yo me imaginaba que si hubiera ido a ver a un psicólogo me hubiera costado más la consulta. No, no es cierto, en realidad no me imaginaba nada ni estaba pensando en lo que iba a costarme todo lo que se estaba comiendo Pedro. Sólo podía pensar en lo infeliz que me sentía.

Y claro que sabía también que el conocimiento sobre mujeres que Pedro afirmaba tener era exageradísimo. Yo sabía que apenas si conocería bien a su madre, la cual, por cierto, me caía muy bien. Pero de todos modos necesitaba a alguien, y Pedro, con todo y sus locuras y exageraciones, era mi mejor amigo.

Pedro me escuchaba y a cada cosa que le decía, él reflexionaba, como reflexionan los actores en las películas de misterio cuando están tratando de resolver uno. Terminé de hablar nomás porque él terminó de comer y parecía dispuesto a darme una respuesta. Que si no, yo hubiera podido seguir hablando de lo mismo hasta que nos sorprendiera la madrugada en el McDonald's. Pedro me miró fijamente. Parecía preocupado.

—No te das cuenta, ¿verdad? —me dijo, pero como si estuviera hablando de algo de vida o muerte, que para mí lo era, pero para él no tenía por qué serlo.

—¿No me doy cuenta de qué?

—¿En serio? ¿En serio no lo ves? ¿No te parece clarísimo?

Juro que no tenía idea de lo que me estaba hablando.

Pedro levantó el trasero de su asiento y cruzó con su tórax la mesa que nos separaba. Me tomó por los hombros y, viéndome fijamente a los ojos, me dijo:

—Sebastián: estás enamorado de un vampiro.

Un vampiro... ciertamente muchas veces había oído a Pedro decir barbaridades que parecían bastante peores que ésa; ciertamente sabía que Pedro estaba un poco celoso porque yo invertía más tiempo en pensar en Nadia que en hacerle caso a él. Sin embargo, me pareció que afirmar que ella era un vampiro era ir demasiado lejos.

Nomás porque ya había pagado las hamburguesas, que si no, del coraje me hubiera ido dejándole la cuenta.

—Tú sí que estás chiflado —le dije, me paré de la mesa y me encaminé a la salida del restaurante. Pedro me siguió, sin haberse acabado el postre.

—¿No te das cuenta? —venía gritando detrás de mí por la calle—. ¡Tu sueño! ¡Las invitaciones! ¿Sabías que un vampiro no puede entrar a ninguna casa sin haber sido invitado? ¿No dices que no hay espejos en su casa? ¡Y lo de la moronga! ¡La moronga es S-A-N-G-R-E!

Pedro venía gritando, yo venía escuchándolo y seguramente todos los transeúntes que atestiguaron eso creían que éramos un par de trastornados. Me detuve y lo encaré.

—Mira, Pedro, te he oído decir muchas tonterías, pero eso de que Nadia sea un vampiro...

—Vamos a mi casa —me dijo—. Tengo que enseñarte algo que a lo mejor te convence.

Lo que Pedro tenía que enseñarme era un libro. No era un libro viejo de páginas amarillas que prometiera revelar secretos ancestrales sobre los muertos vivientes. Era un libro casi nuevo, que aún tenía la etiqueta del precio, que delataba que había sido muy barato y comprado en un Vips. O sea, no parecía un libro muy serio. Y sin embargo en él venía una lista de características que tenían, entre otros seres sobrenaturales, los vampiros.

Y era cierto: además de todas las que ya nos sabemos (entre las que están la falta de reflejo en los espejos, la vida en la penumbra, la necesidad de alimentarse de sangre, la facultad de meterse en las vidas de otros a través de los sueños), decía de los colmillos, de la vida eterna, de las bajas temperaturas, de las invitaciones.

Conforme Pedro iba leyendo, yo me sorprendía cada vez más con tanta coincidencia. Pero había una parte de mí que me seguía diciendo que cómo era posible que me creyera todas esas tonterías, que los vampiros son un invento de los escritores y luego de los que hacen películas. Que Nadia tenía los dientes parejitos, y la sangre que se había comido estaba guisada con epazote y metida en una tortilla. Que eso no podía contar. Que Nadia podía ser una niña muy rara, pero no un vampiro.

—La primera vez que la vi estaba en la tortillería, y eran como las tres de la tarde. Si puede salir de día, no es un vampiro —le dije a Pedro.

—Un argumento contra tantos, Sebastián, no es suficiente. A lo mejor es híbrido...

—¿Es qué? —esa palabra me sonó espantosa.

—A lo mejor su papá es vampiro pero su mamá no. Así sucede con algunos, tienen la mitad de sus genes de vampiro, y la otra mitad de humano —Pedro hablaba con la seguridad que lo hubiera hecho un doctor en vampirología.

Pero las posibles soluciones que me daba no parecían, ni con mucho, poder ayudarme a solucionar nada. Digo, yo sabía que no podría dejar de verla, mucho menos clavarle una estaca en el corazón.

—Estás loco, Pedro.

Mi caso, más que patético, a Pedro le parecía muy emocionante. Decía que nunca había conocido a un vampiro, y ya quería que la próxima vez que fuera a casa de Nadia lo invitara para hacer una investigación de campo.

Yo no estaba emocionado, ni estaba espantado. Estaba infinitamente triste; aunque Pedro no había llegado a convencerme, me había hecho considerar en serio las posibilidades que sospechaba. Y, curiosamente, en ese momento no me importaba que Nadia fuera mitad vampiro o vampiro completo. Me importaba que la noche anterior yo había quedado como un imbécil y por eso ella no se había despedido de beso de mí.

—Es más grave de lo que pensaba —me dijo Pedro, tomándome de los hombros y con mucha solemnidad.

Me levanté dispuesto a irme.

—¿A dónde vas? —me preguntó mi amigo.

—No sé... a donde sea.

Pedro me dio el libro.

—Llévatelo —dijo. Me tomó de nuevo por los hombros, me miró fijamente y siguió—: No vayas a cometer una locura.

El diálogo anterior indica claramente cuán instalados en el melodrama estábamos Pedro y yo. Yo sabía que tenía razones para estarlo, y apreciaba la solidaridad de mi amigo.

El libro se quedó cerrado en mi buró. No quise ni volver a abrirlo. Sin embargo, no pude dejar de pensar en las coincidencias. Estaba confundido. Me pasé toda esa tarde encerrado en mi cuarto, después de pedirle un préstamo a mi papá.

—Necesito algo de música triste.

Mi papá intentó comenzar un interrogatorio. Yo le dije que no era nada, que necesitaba inspiración para hacer una tarea.

—No te hagas, estás triste, dime por qué.

—No estoy triste. ¿Me prestas algo o no?

Mi papá me dio la tercera sinfonía de Brahms.

—El tercer movimiento es capaz de hacer llorar a Stallone.

Era cierto.

Puse el disco y me tumbé en la cama. Mi papá tenía razón con eso de Brahms. Claro que no necesitaba yo muchos más pretextos para ponerme a llorar como un verdadero Magdaleno.

En una hoja de papel dibujé un corazón con el nombre de Nadia. Lo hice avioncito y lo mandé por la ventana, pero no quise ver la trayectoria. En la siguiente hoja dibujé un corazón igual pero cuarteado. Y también lo mandé. En la siguiente, el corazón tenía una cuarteadura más. Y así se fue. Hice otro corazón. Y otro. Y otro más. El último era un corazón hecho pomada. A mi bloc de dibujo le quedaron sólo diez hojas, y a mi desguanzada persona no le quedó otro remedio que quedarse dormida sobre la cama, con la ventana abierta, Brahms en el aparato de sonido y la imagen de Nadia en todo el aparato circulatorio.

Cuando desperté en la madrugada ya ni siquiera se me ocurrió preguntarme cómo fue que las hojas hechas avioncito habían regresado todas y estaban esparcidas en el suelo de mi recámara. Tampoco qué hacía una que no era de las mías ni estaba hecha avioncito, atorada en la herrería de la ventana. Era una hoja doblada, cerrada con un sello de parafina roja, y con mi nombre escrito, como si lo hubiera escrito una de esas personas que se dedican a rotular invitaciones. No podía ser más que de Nadia.

No pensé en cómo había sucedido aquello. Pensé: "y además de todo, en verdad tiene bonita letra". Abrí el sobre con mucho cuidado, intentando no romper el sello de parafina, cosa que hubiera logrado de no haber estado tan ansioso por saber qué era lo que decía allí dentro.

Sebastián:
Gracias por anoche.
Nadia.

Eso era todo. La más escueta y la más hermosa de las cartas. Para entonces ya se me había olvidado la tarde, la imagen de Nadia con colmillos sangrantes, lo ridículo que había sido todo la noche anterior. Todo. Lo único que podía pensar era en correr hacia su casa y abrazarla. Y dicho y hecho, ignoré el pequeño detalle de que eran las cuatro y media de la mañana, y que yo estaba en pijama (que en realidad eran unos pants viejos), me puse unos tenis y salí de mi casa, cuidando de hacer el menor ruido posible.

La calle estaba más desierta que de costumbre. Y no es que acostumbrara yo salir a la calle de madrugada ni mucho menos, pero el ruido que entraba a mi cuarto a esas horas (y ya iban muchas veces que a esas horas podía percatarme de todos los ruidos), me indicaba que esa noche, la calle estaba más desierta que de costumbre. Mis pies se movían con una extraña calma, que no concordaba con los latidos de mi corazón. El aldabón atestiguó el enorme trabajo que me costó decidirme a tomarlo para golpear la puerta. Pero finalmente lo hice, para eso había ido. Lo hice con tanta delicadeza que pareció que en lugar del aldabón había usado un clínex. Esperé. Hacía frío, pero a mí no me temblaba más que el párpado derecho. Estuve a punto de volver a tocar, un poco más fuerte, cuando oí que corrían el cerrojo.

Nadia tenía el mismo camisón blanco con el que me había visitado en mi sueño. Era el mismo, estoy seguro; pero claro, a estas alturas notarlo no cambiaba absolutamente nada. No parecía que la acabara de sacar de entre las cobijas ni mucho menos, estaba bien peinada, e incluso me pareció ver ese mismo toque de color en sus labios.

La verdad es que "no hay de qué" no parecía ser suficiente pretexto para apersonarse a esas horas en casa de alguien. Y no, no había ido para decirle "no hay de qué". Había sido un solo motivo el que me había llevado hasta allí, y no pensaba cuestionarlo, ni darle un segundo más de pensamiento. Sin decir ni media palabra, me acerqué a ella y la tomé entre mis brazos. Estaba fría; yo también lo estaba, pero no tuvieron que pasar muchos segundos para que tomara calor al contacto con su piel. Nadia puso sus brazos alrededor mío, también. Mentiría si dijera que en ese momento hubiera querido decir mil cosas. No. No quería decir nada, no quería moverme, ni siquiera me atrevía a respirar, por temor a que el menor de mis movimientos provocara una reacción que deshiciera ese abrazo. No sé cuánto tiempo estuvimos allí, sin soltarnos. Yo la abrazaba tan fuerte que pensé en algún momento que la estaba

lastimando. Ella también hacía fuerza con sus brazos alrededor de mi espalda.

Sabía que esos momentos no son eternos. No estaba seguro, sin embargo, de cómo acabaría ése. Y, bueno, no es lo más común que los padres que yo conocía llegaran a su casa a esas horas. Pero claro, yo ya sabía que el papá de Nadia no era un papá común. Y sí, era él quien estaba a punto de arruinar mi momento mágico. No había mucha luz y la distancia que nos separaba era al menos de media cuadra, pero lo reconocí por la gabardina. Me separé de Nadia; no parecía muy oportuno que su papá me encontrara en esa circunstancia. Y no tanto por el abrazo, que era en realidad un abrazo bastante casto, sino por la hora en que lo estábamos practicando.

Pero Nadia no parecía querer soltarse.

—Sebastián —casi susurró. Yo fijé mis ojos en ella—. No te vayas.

Yo estaba a punto de explicarle que ahí venía su papá y que no le iba a parecer nada gracioso encontrarnos ahí a esas horas, ni mucho menos que yo me quedara con ella. Pero cuando subí la vista de nuevo, el papá de Nadia ya no venía hacia nosotros. La calle estaba tan desierta como cuando llegué a tocar a la puerta.

No dije nada. Simplemente, tomé la mano que Nadia me ofrecía y la seguí adentro de su casa. Tampoco dijimos nada. Nos sentamos en el sofá. Yo me recargué en una esquina y ella en mí. La abracé. Estábamos en silencio. La calle igual: sólo fue interrumpido dos veces. La primera, a causa del motor de una motocicleta. La segunda, por un par de sollozos de Nadia, casi imperceptibles, nada sorprendentes, al menos para mí. Desde que llegué, sabía que eso podía pasar. La abracé más fuerte, y así nos quedamos hasta que ella empezó a respirar distinto. Se había quedado dormida entre mis brazos.

A mí para entonces no sólo se me había olvidado que había visto a su papá, se me había olvidado también que el mío estaba a punto de entrar a mi cuarto a despertarme zarandeándome el hombro, como todos los días, como todos los lunes.

"Demonios", pensé, más por el mal tino de mi memoria de recordármelo en ese momento que por imaginar la cara que estaría poniendo mi papá cuando entrara a mi cuarto y viera mi ausencia entre tantos avioncitos con corazones rotos regados por el suelo.

No tenía ningunas ganas de salir de ahí. Sentí que no había un lugar donde pudiera estar mejor que junto a ella. Pero tampoco perdía de vista que tenía catorce años y no completa autodeterminación. Ni hablar. Me levanté del sillón y acosté a Nadia con tanto cuidado como si fuera un frasco de nitroglicerina. No despertó. Me quité la sudadera de los pants y la tapé con ella, lo cual era riesgoso porque me quedaba *topless*, cosa que podía acarrear dos terribles posibilidades: una, pescar una neumonía; dos: ser atrapado por la policía, que fácilmente podría confundirme con un vagabundo o un inmoral.

Para evitar esto último, troté los ciento veinte pasos. Si me iban a confundir con algo que no era, mejor que fuera con un atleta y no con un exhibicionista. Y saludé con la mejor de mis sonrisas a todos los madrugadores transeúntes con los que me topé. Andar por la calle sin camisa me puso más tímido que de costumbre y no me atreví a preguntar a ninguno de ellos la hora, así es que entré a mi casa esperando el caos que ya habría provocado mi ausencia. Pero no. No se oía ni un ruido. La videocasetera de mi cuarto me dijo que me había adelantado muchísimo, y yo me dije que qué bruto era, que cómo no se me había ocurrido ver el reloj de la escalera. Faltaba un cuarto para las siete, lo cual indicaba que podía haberme quedado quince minutos más abrazando a Nadia. Qué idiota. Quince minutos que ahora tendría que pasar solo y despierto en mi cama.

Durante ese tiempo recogí el tiradero de papelitos en mi cuarto y pensé. Una vez más me había despedido de Nadia sin palabras. De hecho, me di cuenta de que no había dicho una sola palabra durante todo el tiempo que estuve con ella. Ella tampoco había dicho nada. Al menos nada con palabras, pero de algún modo me había hecho saber que se sentía sola, que estaba triste y que me necesitaba. No fue el "no te vayas"; fue lo que pasó después, es como si toda esa información sobre su estado de ánimo me la hubiera transmitido por medio de una especie de ósmosis. No lo sé. Rompí los papelitos con mis corazones rotos. Dejé pegado en la ventana sólo el primero que hice.

17

—Ya te tengo la solución —me dijo Pedro al verme entrar al salón, antes de saludarme.

—No necesito una solución —le contesté. Me sentí un poco egoísta por no decirle nada; pensé que no era bueno eso de nomás buscar a los amigos cuando uno anda con el ánimo despanzurrado, así es que le conté a Pedro todo lo que había pasado esa madrugada. Él me escuchaba como si fuera un psiquiatra y yo su paciente que deliraba irremediablemente.

—¡Fue cierto! ¡Esta vez no fue un sueño! —le dije a Pedro, que parecía que no me estaba creyendo ni media palabra.

—Sí, sí, el problema no es que haya sido un sueño o no, es que, amigo mío, estás bajo un hechizo... no te das cuenta, no puedes pensar, has reprobado dos mil materias, se te olvida que es lunes, ¡ese ente sobrenatural te tiene sorbido el seso!

—Ya, Pedro —dije. A la luz del día y con el corazón tan renovado, lo que menos quería oír es que Nadia era un vampiro ni nada semejante.

—¡No te ha chupado la sangre, pero ya te chupó el cerebro!

—¡Ya, Pedro!

Igual recibí todos los papelitos que Pedro me mandó durante la primera clase. En ellos intentaba convencerme de que acudiera a la cita que me había hecho con una amiga de su mamá que se especializaba en esas cosas.

"¿En qué cosas?", pregunté yo. "En cosas del amor, baboso", contestó él. "¿Nada que tenga que ver con vampiros?", pregunté yo. Y él contestó que prometía que no.

Mi pobre amigo parecía realmente consternado con mi situación. En serio que el día anterior debo haber parecido yo mismo un muerto viviente. Y Pedro y yo estábamos acostumbrados a agobiarnos por algunas cosas, por la escuela a veces, por pelear con amigos otras, por perder en los deportes casi no pero había pasado. Pero que una niña nos hiciera cambiar de esa manera era algo que nunca había ocurrido. Pedro estaba muy preocupado por mí. Yo lo sabía y estaba consciente de que nadie había provocado eso más que yo. Así es que le dije que iría a la cita.

Hacia tiempo que conocía a la mamá de Pedro y, como dije antes, siempre me había caído muy bien. Se había hecho cargo sola de él, desde que tenía cuatro años y el papá de Pedro dijo que iba al súper y no regresó nunca.

Me recordaba, por esto, un poco a Carolina, lo cual hacía que me cayera aún mejor. Además, la mamá de Pedro era muy joven. Mucho más que mi mamá, como que de imaginármela de amiga me la hubiera imaginado más de amiga de mi hermana Carmen. Supongo que entonces andaría por los treinta y cinco, tal vez, aunque si a alguien le hubiera dicho que tenía veinticuatro y Pedro era su hermanito, fácilmente se lo hubieran creído. La mamá de Pedro era traductora y siempre andaba de jeans, con el pelo suelto y algunos colguijes en diferentes partes del cuerpo. Decía que era curioso que, a pesar de que el papá de Pedro no tuvo nada que ver con su educación, él le había sacado el carácter. El papá de Pedro era un administrador de empresas.

La mamá de Pedro tenía algunas amistades muy exóticas. Una de ellas era quien me recibiría esa tarde para hablar de mis problemas amorosos. Nos fuimos Pedro y yo solos, porque su mamá tenía que terminar una traducción para el día siguiente. Yo desde el principio no tenía ganas de visitar a ninguna de las amigas de la mamá de Pedro, pero él me dijo que la conocía, y que, además de ser una excelente terapeuta, era vidente. A mí, con todo y todo, no se me había quitado lo escéptico, pero de todos modos fui.

Cuando estábamos fuera del departamento tocando, de alguna manera sentí que estaba traicionando a Nadia. Me dieron ganas de salir corriendo de ahí, pero era demasiado tarde. Una especie de Odalisca con tapabocas y todo nos abrió la puerta. Yo no quería pasar.

—¡Hola, Maggi! —dijo Pedro muy familiar él.

—Hola, Peter —dijo ella—. Y tú eres Sebastian, ¿no?

Dijo así, Sebastian sin el acento, como si lo estuviera diciendo en inglés, igual que Peter. A lo mejor así se acostumbraba en esa casa y ella se llamaba Margarita. Nunca lo supe.

Maggi nos invitó a pasar.

—Órale con tu amiga la gitana —le susurré a Pedro.

—No es gitana —dijo él—, es tamaulipeca y cállate que te va a oír.

A pesar de que eran las cuatro de la tarde, el departamento estaba oscuro. Las cortinas eran plastificadas, de esas que no dejan pasar ni medio rayo de luz. El interior del departamento estaba iluminado por velas de diferentes olores, y el humo del incienso picaba un poco la nariz. Maggi nos hizo pasar a través de una cortina de lentejuelas que conducía a un pequeño salón. Ahí sí que había todos los elementos necesarios como para descubrir el futuro de alguien: un montón de mazos de cartas, tazas de diferentes tamaños y estilos, muchos libros de esas clases de disciplinas exóticas y ni más ni menos que una bola de cristal. Maggi nos hizo sentarnos y a mí me pidió que guardara silencio y me concentrara; se paró y salió por la cortinita de lentejuelas.

—Eres un embustero, Pedro —le dije—, esto no tiene cara de consultorio de doctora corazón. Esta mujer es como una bruja...

No pude acabar de hacerle la reclamación a Pedro porque la gitana volvió a entrar al salón con un vaso de agua, el cual puso frente a mí. Yo pensé que era muy notorio que tenía mucho calor y que lo del agua era un detalle de hospitalidad por parte de Maggi y entonces le di un trago.

—¡¡¡¡Noooooo!!!! —Maggi pegó tal grito que Pedro y yo brincamos del sillón—. ¡Te estás bebiendo tu futuro!

Maggi me arrebató entonces mi futuro para impedir que me lo siguiera bebiendo. Después le dijo a Pedro que nos esperara fuera del saloncito, de preferencia en la cocina.

—¿No me puedo quedar? —pidió Pedro. Estaba más interesado que yo en oír mis diagnósticos.

—No, claro que no, si voy a desnudar aquí a tu amigo... —dijo Maggi y ahí sí yo ni la dejé acabar: me paré y salí corriendo.

—¡Pérate, torpe! —me gritó Pedro cuando ya iba por el desayunador—, dice Maggi que no te va a quitar la ropa, que te va a desnudar el alma.

—Tampoco me interesa, gracias.

—Ya, Sebastián, ándale, ya estamos aquí... ¿acaso no te da curiosidad saber qué te depara el futuro con tu misteriosa amada?

Como dije, siempre he sido un poco escéptico, pero con tantas cosas raras se me estaba quitando un poco. Y de suponer que Maggi era capaz de ver en qué íbamos a acabar Nadia y yo, valía la pena quedarse.

—Está bien.

Regresamos al saloncito donde nos esperaba Maggi con cara de fastidio.

—Me gustaría que Pedro se quedara —dije.

Maggi se me acercó y me dijo al oído:

—Entiende, muchacho, que voy a ver tu futuro... ¿qué tal si pasan los años, Peter se hace millonario, compra un seguro y te nombra beneficiario y entonces tú planeas su asesinato para cobrarlo? ¿Te gustaría que yo dijera eso frente a él?

Ciertamente no parecía una posibilidad muy viable, pero bueno, uno nunca sabe lo que puede deparar el futuro, así es que a pesar mío y del mismo Pedro, tuvo que salirse. Maggi entonces se sentó frente a mí, encendió una vela muy bonita en forma de esfera y la puso en el centro de la mesa donde un momento antes había puesto el agua. Se me quedó viendo un momento. Luego al vaso de agua. Luego a mí de nuevo. Raro.

—Es... una chica, ¿verdad?

—Claro —dije ofendido—, ni modo que otro chico.

—¿Y por qué no? También podrías tener problemas en la escuela o en tu casa, ¿no? —dijo Maggi y yo no tuve más remedio que callarme la boca.

—Ella... ella... —Maggi parecía preocupada. Como que le estaba pasando algo que no le había pasado antes en su vida.

—No puedo verla. No puedo verla para nada. ¿Cómo se llama?

—Nadia.

—No puedo verla... —seguía repitiendo Maggi, pero cada vez parecía más nerviosa, como que mientras miraba el vaso de agua y repetía eso, entraba en alguna especie de trance, ponía los ojos al revés y no dejaba de repetir esas palabras. Así estuvimos como cinco minutos que parecieron siglo y medio.

Yo estaba pensando que a fin de cuentas no necesitaba que nadie me dijera nada de Nadia; estaba convencido de que el rato que habíamos estado juntos esa madrugada significaba mucho más de lo que me pudieran decir Pedro o Maggi, la cual, por otra parte, no parecía ser una persona muy confiable.

—Bueno, si no puede verla no importa, me gustaría saber si voy a pasar el año en la escuela —dije.

En ese momento Maggi guardó silencio, se le regresaron los ojos a su sitio y me dijo con una voz muy natural que no se parecía mucho a la que había estado usando para decir que no podía ver a Nadia:

—Sí, vas a pasar de año. No con muy buenas calificaciones, pero sí vas a pasar.

—Muy bien, pues muchísimas gracias —dije al tiempo que me levantaba del sillón donde me había puesto Maggi. Ella parecía un poco desconcertada.

Salí del saloncito y ella detrás de mí. Pedro se aburría mirando una pecera que estaba en el desayunador. Al vernos se levantó rápidamente.

—¡Qué pasó, qué pasó! ¿Te casas, te conviertes?

—No la pudo ver —dije yo.

Maggi parecía no saber de qué se trataba aquello.

—¿Qué no pude ver?

—A Nadia —dije yo.

—¿Nadia quién? —preguntó como si de veras no tuviera idea—. ¿Quién te dijo que yo no podía verla?

—Usted. Y cuarenta veces, mientras veía el vasito —le dije a Maggi, y le confirmé a Pedro—: ¡En serio!

Los tres nos quedamos callados. Pedro sabía que yo estaba diciendo la verdad. Parecía bastante más preocupado de lo que ya estaba. Pero fue el que rompió el incómodo silencio con una frase no menos incómoda:

—¿Cuánto te va a deber? —eso lo dijo, claro, refiriéndose a mí.

Maggi parecía en verdad desconcertada.

—¿Muchas veces lo dije? ¿Y mirando el vasito? —preguntó. Yo asentí a todo mientras sacaba unos billetes de mi bolsillo.

—No, déjalo... no es nada.

—Ah, pues gracias —dije yo, y la verdad es que si Maggi me hubiera cobrado algo me habría sentido muy estafado.

Salí de ese departamento muy tranquilo. Preferí mil veces que Maggi no hubiera podido ver a Nadia y no pensar que pudiera decirme algo horrible acerca de ella.

Pedro parecía todo menos tranquilo. Estaba blanco como una hoja calca. La visita al departamento de la gitana había acabado por convencerlo de la condición de Nadia como criatura de la noche.

—De ahora en adelante tienes que tomar tus medidas —me decía con la voz temblorosa—, come ajo todo el tiempo, y si no tienes un crucifijo para colgarte, yo te consigo uno… no dejes por ningún motivo que se te acerque al cuello, es peligroso, y por si las moscas, siempre debes traer la estaca de madera; si quieres, también, yo te la consigo.

Pedro hablaba a cien por hora. Yo lo miraba con diversión más que ninguna otra cosa. Sí. Era raro que Maggi no hubiera podido verla. Pero yo de todos modos no creía en los videntes ni en los gitanos ni en el tarot ni en las bolas mágicas ni en nada. Y nunca, tampoco, había creído en vampiros. Ahora empezaba a hacerlo. Tal vez Nadia podía ser eso que decía Pedro; pero fuera un vampiro, un híbrido, un robot, una asaltante de bancos, una asesina serial, fuera lo que fuera, no había ninguna razón posible que me hiciera pensar en separarme de ella.

La siguiente vez que vi a Nadia me hizo convencerme de
que no hay nada como la espontaneidad para el buen término de una cita. No le mandé invitación, ni siquiera le
avisé. No llevaba semanas ahorrando, contaba sólo con
el sobrante de la vez anterior. No escogí ninguna ropa en
particular, ni siquiera me peiné. Tampoco, afortunadamente, me salió un barro.

Salía del departamento de los Santillán, quienes se habían quedado dormidos un poco más rápido de lo usual,
así es que yo tenía, al menos, una media hora que matar.
No me puse tan nervioso como otras veces. Por alguna
razón, haberla tenido dormida en mis brazos después de
todo lo que me había dicho sin palabras esa madrugada,
me daba la confianza para ir a su casa y buscarla. Sentía
como si ya hubiera algo entre nosotros. Había perdido el
miedo de que me mandara al cuerno. Y además, ya sabía
en dónde vendían moronga. Pero esta vez no pensaba darle a escoger.

—Hola, ¿tienes hambre? —le pregunté apenas se asomó por la puerta.

Fue extraño, la primera expresión que vi en su cara al asomarse fue de una gran preocupación. Abrió con la cadenita que tienen algunas puertas para que uno pueda asomarse seguro si no sabe quién toca. Cuando vio que era yo, cambió su gesto por uno de tranquilidad acompañado con sonrisa.

—¿Qué hora es?

—Siete y media. La mejor hora para comerse una hamburguesa.

—Está bien —dijo Nadia y después me dijo que iba a ponerse unos zapatos.

Y sí, Nadia, como la gente normal, también comía hamburguesas, y no les echaba ni más ni menos catsup que el promedio de los consumidores. Traté de portarme muy simpático. Además de que es muy sabido por todos que es mejor ser simpático que guapo para conquistar a una mujer, yo quería que ella riera para verle los dientes. Con todo y todo, el gusanito que me había instalado Pedro seguía haciendo de las suyas. Nadia se reía con mis chistes, seguramente más de una vez por compromiso, porque algunos de ellos eran bien malos. Y sí llegó a reírse lo suficiente para que yo pudiera ver, además de que no había nada ahí en su boca que parecieran colmillos, que no tenía ninguna muela tapada. Eso estaba bien, aunque realmente si las hubiera tenido no importaba nada.

Esa noche le pedí que fuera conmigo a la boda de Luis Esteban. Le dije que era lo menos que podía hacer, ya que el culpable de ese casamiento, a fin de cuentas, era su perro. Nadia se divirtió mucho al oír la historia de nuevo. Era raro ver que sí, aparentemente se divertía, pero como si todo lo mirara desde otro nivel. Me sentía como si le estuviera contando a un adulto mis adolescentes aventuras, que al otro le divierten pero le resultan completamente ajenas.

Comimos rápido, pero nos quedamos todavía otro rato sentados platicando. Nadia me dijo que sí iría conmigo a la boda. Y también me volvió a preguntar si mi hermano y Juliana estarían dispuestos a quedarse con Ramón. Al hacer esta pregunta, Nadia había retomado la tristeza de aquella madrugada. Le dije que le preguntaría, y entonces regresamos a su casa. Debo decir que en el camino de vuelta, después de pensarlo un poco y que me costó un poco de trabajo animarme a hacerlo, le pasé el brazo por el hombro.

—¿Hay algo que te preocupa? —le pregunté al mismo tiempo.

Ella me sorprendió rodeando mi cintura con su brazo. De milagro no me quedé ahí todo derretido, embarrado en el pavimento de Insurgentes.

—No lo sé, podría ser —respondió a mi pregunta y tuve que hacer un esfuerzo para concentrarme si es que ella fuera a platicarme algo.

—¿No quieres contarme?

—No ahora. No hay nada seguro, ¿sabes?

Como de costumbre, no tenía idea de lo que Nadia quería decirme con eso y no respondí nada.

El resto del camino sólo medité el dilema de si decirle o no de despedida lo que estaba pensando. Como dije, era difícil ponerse espontáneo, tenía miedo de que fuera a ser la frase equivocada, que por alguna razón no resultara lo que ella esperaba oír y entonces acto seguido me mandara mucho al demonio. Pero también era cierto que lo sentía. Que si no se lo decía a lo mejor me explotaba ahí adentro del tórax esa misma noche.

De modo que, cuando llegamos a su casa, la tomé por los hombros, emulando el estilo melodramático de Pedro, fijé mis ojos cafés en los suyos verdes y le dije:

—Sí hay algo seguro, ¿sabes?

Ella no se movió, no respiró, no hizo nada, estaba esperando lo siguiente. Y lo siguiente, en teoría, era un par de palabras más. Pero no hubo tales; les ganó un impulso que de veras no tengo idea de dónde salió ni cómo fue que no tuve que estarme horas discutiendo conmigo mismo para hacerlo. Apreté sus hombros con más fuerza, y así, sin más, me acerqué y la besé en los labios. Me quedé unos segundos tocando sus labios con los míos. Ella no se quitó, no me abofeteó, simplemente me tomó de la mano. Me separé, y a pesar de que corría el riesgo de echarme a llorar al decir las dos palabras que formaban parte del plan original, las dije:

—Te quiero.

Entonces ella me reveló otra tristeza; más bien la misma, pero mucho, mucho más intensa. Me apretó ligeramente la mano y sonrió. Parece extraño que una sonrisa pueda acentuar de esa manera una tristeza, pero así lo hizo.

En verdad no esperaba ese "yo también" que Nadia no dijo. Yo creía que ella no tenía ningún motivo para quererme, a pesar de la lista de virtudes que había hecho para posicionarme, no estaba seguro de que alguna de ellas fuera muy válida y, además, en el último de los casos, Nadia no había visto esa lista. No estaba triste por eso. Estaba triste por contagio. Aunque no me había contado las causas, Nadia padecía una de esas tristezas que se intentan guardar, que no pueden decirse aunque se quiera, que son igual que el amor, como una enfermedad que se mete en el cuerpo y lo invade todo. Y se pega. Y se me pegó a mí porque era cierto lo que le dije: si algo tenía por seguro yo en ese momento, era que la quería.

Esa mañana había tenido otro problema en la escuela, porque había fallado, de nuevo, en entregar una tarea. Y aunque Maggi ya me había dicho que iba a pasar de año, no quería que se quedara en predicción. Debía pasar de año. Siempre lo supe, pero ahora tenía una motivación para hacerlo. No me imaginaba tener cara para decirle a Nadia un día que había reprobado el año. Ni pensarlo. Sí, tenía que pasar de año, para evitar que en casa me

empalaran como guerrero turco, y era necesario pasar de año por ella. Pronto descubrí que todo lo que hacía era pensando en ella. Mis esfuerzos para estudiar eran para que ella estuviera orgullosa de mí. Las lecturas con los Santillán eran para tener dinero y poder comprarle algo, o para invitarla al cine o a donde fuera. Me bañaba todos los días con más cuidado, no se me olvidó ni una sola vez limpiarme las orejas. ¿Qué tal si me la encontraba y tenía las orejas sucias?

No, no, eso era algo que no podía permitir.

19

La boda de mi hermano iba a ser una boda rara. Con tan poco tiempo para organizarla, claro está que iban a invitar a muy poca gente, iba a ser en un lugar chico, con vestidos alternativos y, en lugar de uno de esos grupos que ponen a bailar a la gente, iba a tocar una banda de jazz que lideraba un amigo de Luis Esteban. Mi mamá estaba un poco renegosa porque ella prefería una boda convencional. Pero Luis Esteban dijo que ni loco pensaba hacer la cosa de las ligas y demás, y que no iba a poner a Juliana tampoco a aventar el ramo ni nada de eso. Decía que todas las bodas a las que había ido habían sido igualitas, y quería que la suya tuviera algo distinto, algo por lo que los invitados pudieran recordarla. Yo estaba de acuerdo, y me imaginaba mi boda (con Nadia, claro) en la playa, con todos los invitados fachosos y un grupo de música jamaiquina. En fin, era su boda y la iban a hacer como ellos quisieran. Y como ya había comprobado que las cosas que se planean mucho tiempo y con mucho cuidado tienen las mismas probabilidades de salir mal que las que se hacen al aventón, pues ni siquiera pensé en qué me iba a poner ni tampoco cómo les iba a presentar a Nadia a mis papás. Aunque esto último sí me preocupaba, no tanto por la presentación en sí, sino por la manera que debía yo de asumir la circunstancia. ¿Acaso el que yo le hubiera dado un beso en los labios y ella no me rechazara significaba que ya éramos novios? O tal vez lo del beso no, pero que le dijera con tanta solemnidad que la quería podría equivaler a una declaración de amor (evidentemente) y que ella no me dijera que estaba loco y que no quería volver a verme era una aceptación tácita del amor ofrecido. Quién sabe. La verdad era que no tenía la menor idea de nada. Y tampoco muchas ganas de aclararlo.

Sin embargo, quise confirmar lo dicho esa noche, entonces, todas las noches que siguieron, antes de dormir, dibujaba en un papelito un corazón y un "Te quiero" y se lo mandaba por la ventana, doblado sobre una moneda para evitar que se volara. El tino no me falló ni una vez, y todos los días siguientes el papelito había desaparecido.

Aun así, y no estaba resultando nada fácil, esa semana traté de concentrarme lo más que pude en las cosas de la escuela. Estaba atrasadísimo, y necesitaba ponerme un poco al corriente para que la predicción de Maggi se cumpliera. Cosa que no estaba siendo fácil, digo. Y menos fácil fue a partir de la mañana del viernes que marcaba el fin de la semana laboral y en la que yo no había dejado de mandarle papelitos a Nadia todas las noches.

Lo primero que hice al salir de la cama fue asomarme a la ventana para ver si Nadia había recogido el papelito. No encontré una azotea toda gris y vacía, sin papelito. Me encontré un letrero, pintado en rojo, sin corazón ni nada. Era un "Yo también".

Y qué bueno que ya era fin de semana, porque yo no hubiera podido concentrarme en otra cosa más que en la posible respuesta a la pregunta ¿y por qué? Tal vez era que mi autoestima andaba medio falla, tal vez yo había idealizado a Nadia y la había puesto muy por encima de mí mismo y del resto de los mortales (esto sin querer referirme para nada a la condición de inmortal que le había dado Pedro), y entonces, necesariamente, yo no la merecía. No tengo idea. Es chistoso, cómo me preocupó el "yo también" en lugar de volverme loco de felicidad, que hubiera sido lo normal.

Pero en lugar de ir a su casa y preguntarle en persona que por qué me quería, preferí seguir usando ese extraño sistema epistolar. Así es que el papelito del viernes en la noche decía: "¿Por qué?" Y, pintada en su azotea, el sábado apareció la frase: "Porque eres muy bueno".

Ah, caray. No había yo sospechado que pudiera ser por eso. Las niñas solían enamorarse de los tipos guapos, o con dinero, o muy hábiles en los deportes, pero no de los que eran simplemente "buenos". Y es cierto que tampoco me había puesto nunca a pensar si yo era muy bueno o no, pero al menos no podía decir que era malo.

No sé, a decir verdad, si la respuesta de Nadia me convenció del todo. Aunque si en lugar del "porque eres muy bueno" hubiera aparecido pintado en la azotea "no tengo idea" o "porque nadie más me pela" entonces sí que hubiera sido un golpe bajo.

El domingo tenía yo todas las intenciones de invitar a Nadia a comer y al cine, con el último dinero que había sobrado de mis ahorros para la cena. No había calculado que ese día llegaba mi tía Sarita de Sonora. Luis Esteban la había invitado a su boda, y ella, como hacía años que no pedía vacaciones, decidió pedirlas entonces y llegar desde el domingo, aunque la boda sería hasta el viernes siguiente.

No había manera de que la tía Sarita se quedara en nuestra casa, porque no teníamos dónde dormirla, así es que le conseguimos un hotel cerca, cómodo y barato, atendiendo a sus peticiones. Pero el domingo mi mamá la había invitado a comer a la casa. No había manera de zafarme, porque la verdad la tía Sarita también era muy buena y yo tenía como dos años sin verla. Así es que ni modo, tuve que descartar la comida y quedarme a convivir con la tía Sarita y a comer pasta, que era su comida preferida. Pero esa mañana le mandé un papelito a Nadia diciéndole que pasaría después de la hora de comer a su casa, para ver si íbamos al cine o algo.

A la comida llegaron, claro, Luis Esteban y Juliana, quienes fueron ampliamente interrogados por la tía respecto a su abrupto matrimonio. A mí nadie me interrogó, mis hermanos habían mostrado discreción al respecto, y mis papás ni sospechaban que yo también andaba enamorado.

—El pesto te quedó delicioso, Carmenucha —la tía Sarita acostumbraba descomponer los nombres de todos. Mi mamá era buena para la cocina, y esa tarde lo estaba demostrando. Estaba muy bueno. Y yo, a pesar de que no andaba de gran apetito a últimas fechas (el amor, el amor), me comí dos platos.

Y a pesar de que normalmente mi familia me parecía muy divertida y la pasaba muy bien con ellos, esa sobremesa se estaba empezando a parecer a alguno de los círculos del infierno. Yo miraba el reloj y pensaba que Nadia estaba esperándome, y no me la podía pasar bien aunque quisiera.

A las seis y media decidí que si no tomaba cartas en el asunto, sería demasiado tarde para el cine, así es que, muy resuelto, me paré y empecé a despedirme.

—¿Qué? ¿A dónde vas?

—Tengo un compromiso. El cine con la banda.

—No seas grosero, Sebastián, cómo te vas a ir, ¿hace cuánto que no ves a tu tía? —opinó mi mamá.

—Déjalo, Carmenucha, si nos vamos a ver toda la semana, ¿no, Sebas?

—Sí, tía —dije yo perdonándole el Sebas de inmediato.

Le di beso a todo el mundo, me lavé los dientes y me salí de la casa corriendo.

Con la lengua de fuera y la respiración toda entrecortada, toqué la puerta de casa de Nadia. Esperé.

Ya estaba acostumbrado a hacerlo. Esperé más. Volví a tocar. Y seguí esperando. No sé cuánto tiempo. "Se ha de haber enojado porque se me hizo tarde", pensé. Pero no habíamos quedado en hora, y no eran ni las siete. Volví a tocar. Y entonces escuché la voz de Nadia, desde dentro, que decía:

—No puedo ir contigo.

—¡Perdón se me hizo tarde, es que vino mi tía de Sonora, por favor, sal tantito, déjame explicarte...!

—Vete por favor; no voy a salir —dijo ella, y parecía terminante.

—Nadia... por favor... sal, un momento... —dije, en un susurro más para mí que para ella. En voz alta ya no me atreví a insistir más.

"Pero si serás idiota, hombre, estás empezando con esto que parece tan bueno, y a la primera de cambio la dejas semi plantada. Claro, tiene razón, si no tiene tu tiempo, a las mujeres no les gusta que las tengan esperando, a ver si te vuelve a contestar, a ver si no te manda al cuerno por tarado..."

Éstas y otras frases nada edificantes fueron las que me dirigí en el camino de vuelta a mi casa. Estaba realmente muy enojado conmigo mismo, y con mi tía Sarita por haber tenido el mal tino de comer en casa precisamente ese día.

Cuando llegué mi tía y mi papá estaban en la puerta, despidiéndose de mi mamá.

—¿Y tu compromiso? —dijeron casi al mismo tiempo.

—Se canceló, no importa.

—Muy bien —dijo mi papá—, entonces te toca acompañar a tu tía Sarita al hotel.

No tenía ningunas ganas de hacerlo, pero tampoco de aventarme la discusión que ocasionaría una negativa de mi parte. Así es que caminé con la tía Sarita al hotel. Algo venía platicando ella, pero yo, aunque intentaba concentrarme, era incapaz de poner ninguna atención. Sólo podía pensar en lo inútil que me sentía.

—¿Verdad, Sebas? —esta frase de mi tía Sarita me sacó de mis meditaciones.

—Claro, tía —y quién sabe qué cosa estaba reafirmando con esto. Esperaba que no hubiera sido algo así como "A ti te encantaría que me viniera a vivir con ustedes, ¿verdad, Sebas?".

—Lo que sí me cayó rete pesado fue el pesto; ahora sí que tu mamá se pasó con el ajo, ¿verdad, Sebas?

—¡¿Tenía mucho ajo?!

—Todo el del mundo, m'hijo, así es que ojalá no tengas pensado besar a nadie esta noche.

Todo se aclaraba con eso. ¡El ajo! Por eso Nadia ni siquiera me había abierto la puerta. No podía salir. No podía enfrentarse a mí en esas condiciones. Me cambió el humor de inmediato. Saber que no haberla visto no se debía a mi error de impuntualidad sino a su condición vampírica. En ese momento me convenía pensar lo último.

—A mí sí me puedes besar, m'hijo, porque estamos en las mismas.

Y claro que le di varios besos y con mucho gusto a la tía. Regresé a mi casa pensando que qué suerte que Nadia fuera un vampiro.

El Parque Hundido se atravesaba en mi camino. Como me sentía invencible, decidí cortar distancia por dentro del parque.

El parque lucía más bien solitario; yo me lo tomé con calma, la noche estaba tibia y mi estado de ánimo también. Había recuperado la esperanza. Total, si había sido eso, sólo era cuestión de tener cuidado y no volver a comer ajo jamás en la vida. Era un sacrificio, porque el ajo me gustaba, y mucho. Pero naturalmente me gustaba más Nadia. Me senté en una banca del parque a contemplar la luna que se alcanzaba a ver entre las ramas de los árboles.

De pronto escuché pasos en tacones, aproximándose hacia donde yo estaba. Vi a una mujer que caminaba apresurada y se volvía a mirar tras ella de vez en cuando. Pasó cerca de mí y vio hacia donde yo estaba. Se detuvo. Pareció dudar un momento, sentí como si fuera a pedirme algo, pero lo único que hizo fue una seña con la cabeza, algo así como de "buenas noches", y se siguió de largo.

Un momento después empecé a percibir un aroma fuerte. Uno que ya para entonces me resultaba muy familiar. Y, al mismo tiempo, escuché otros pasos, de zapatos que no eran de tacón. Me paré y seguí caminando. Los pasos se detuvieron, pero dentro de mi espectro visual ya se encontraba el dueño de aquellos pasos. No sé por qué no me sorprendí nada cuando me encontré de frente, aunque un poco lejos, al papá de Nadia. Él me miró, sé que me reconoció, y en ese momento, tal y como si sus zapatos hubieran tenido un par de propulsores a chorro, se alejó hacia el lado contrario; qué digo se alejó, se esfumó.

No me sorprendí nada: yo ya sabía que era invencible, al menos en cuanto a vampiros se refería.

Al día siguiente en la escuela todo el mundo me dijo que olía a ajo. Pedro pensó que finalmente había entrado en razón y me estaba cuidando de los entes del más allá. No lo saqué de su error, era mejor tenerlo apaciguado.

En verdad mi mamá le había puesto a ese pesto toda la producción nacional de ajo del último mes. O tal vez yo andaba medio mal con mi sistema digestivo. El caso era que estaba consciente de que ese día tampoco podría ver a Nadia.

Pero faltaban pocos días para la boda y ella ya me había dicho que iría conmigo. Y como todo el mundo, como toda la vida, si uno tiene algo que esperar de ella, está contento. Yo estaba contento. Apestoso, pero contento. Me

dediqué un poco a la escuela, un poco a escribir poemitas de amor que conforme iba terminando tiraba a la basura, ayudando a mi hermano a llevar una que otra invitación, en fin. Ocupaciones no me faltaban. Ocupaciones durante las cuales, irremediablemente, pensaba en ella. Nada más en ella. Pero al menos las estaba haciendo, y mi nivel de concentración era un poco mejor que las semanas anteriores.

Fue el miércoles que Nadia apareció en mi casa. Supuse entonces que mi organismo ya había eliminado los restos de ajo. Nadia venía con Ramón. No parecía muy contenta que digamos.

Yo, aunque sabía los motivos reales por los que el domingo no me había abierto la puerta, de todas maneras me disculpé y le di toda la explicación de la comida de mi tía Sarita. Ella me escuchaba como si todo eso ya lo supiera y no tuviera la menor importancia.

—Vengo a dejarte a Ramón —dijo.

Yo me quedé con cara de pregunta.

—Me dijiste que tu hermano y su novia podrían quedarse con él, ¿te acuerdas?

Sí que me acordaba, lo que se me había olvidado por completo era consultárselo a los involucrados.

—¿Por qué, qué pasó?

—Ya no puedo tenerlo. Llévalo con tu hermano, ¿sí?

Otra vez me estaba enseñando esa tristeza que antes me había entristecido, pero sólo ahora me estaba preocupando. Y mucho.

—Nadia, ¿te pasa algo? Si hay algo que pueda hacer por ti, por favor, no dudes en pedírmelo.

—Sí —dijo ella—, llévate a Ramón. Llévalo con tu hermano.

Puso la correa en mi mano, se despidió haciendo un ademán con la suya, y bajó las escaleras como rayo. Ni siquiera me dio tiempo de preguntarle si siempre sí iba a ir a la boda conmigo. Ahora no estaba tan seguro de que quisiera o pudiera hacerlo.

Llevé a Ramón al departamento de Luis Esteban. A él le había parecido simpático tenerlo por un rato alojado ahí, pero me dijo que la verdad era que no estaba seguro de que quisiera tener un perro de tiempo completo.

—Le debes a tu futura esposa, no seas gacho —le dije.

Él me dijo que por lo pronto Ramón podía quedarse en su casa, pero que para la residencia fija tendría que consultarlo, precisamente, con la futura esposa.

Regresé de casa de Luis Esteban todo contagiado por la tristeza de Nadia. Por primera vez desde que me lo había prestado, tomé el libro de Pedro. Más que nada como para intentar comprender lo que podía estar pasando con Nadia. Volví a recordar el lugar común. Las mujeres son incomprensibles; y yo tenía la mala pata de que la que me había tocado en ese momento no sólo era una mujer, sino una mujer vampiro. Poco a poco me había ido convenciendo, y cómo estaría de enamorado que, a pesar de estar casi seguro de que Nadia era, al menos, mitad vampiro, lo tenía como un detalle sin importancia: como si su color favorito fuera el morado, que yo odiaba. O que le gustara la música norteña, la cual también yo odiaba. Eso no era importante. Que ella fuera un vampiro tampoco tenía por qué serlo.

Al leer el libro encontré muchas más coincidencias que las que había hallado Pedro de primera mano.

Ahí decía que los vampiros podían proteger a sus seres queridos. Yo de inmediato lo relacioné con el suceso de Germán en la escuela. Claro, había sido atacado por un murciélago; era Nadia. Lo del ajo, claro. Lo de las invitaciones. Lo del hijo de los Santillán. Si Nadia era inmortal, a lo mejor le había tocado conocerlo en otro tiempo. Claro, me había dicho que parecía más joven de lo que era. Capaz que podía tener ochenta años, o ciento veinte, qué sé yo cuántos, porque el libro no aclaraba el sistema de envejecimiento de los vampiros. Me embebí en la lectura, hasta que una parte de mi personalidad, la sensata, me picó el hombro y me dijo:

—¿Ya te diste cuenta del cúmulo de idioteces que estás imaginando?

No quise hacerle caso; en ese momento llegaba a mi cuarto un aroma de pan francés. Seguro era Carmen que se estaba haciendo de cenar, así es que fui a la cocina para pedirle que me tostara unos a mí también.

—¿Qué hay? —me preguntó Carmen—. ¿Listo para la boda?

—Sipi —dije yo. Aunque si uno no está seguro de si va a tener acompañante, no está precisamente listo, pero no quería ponerme a hablar de eso con mi hermana.

La tele de la cocina estaba encendida en las noticias. Carmen y yo nos sentamos en los banquitos a comernos nuestros panes franceses. Ni ella ni yo le estábamos poniendo mucha atención al televisor, más bien seguíamos platicando de la boda de Luis Esteban y de qué tan bien nos caía Juliana. Iba por el primer bocado del segundo pan cuando casi se me atraganta de la impresión. El locutor hablaba de una mujer desaparecida. Pedía al público televidente que cualquier información por favor se comunicara a los números del canal. Y enseñaban la fotografía de la desaparecida.

Era la mujer del parque.

Dejé mi segundo pan a medias. A medias también le agradecí a Carmen que me lo hubiera preparado y me fui a encerrar a mi cuarto.

Si aún estaba esperando alguna confirmación de que Nadia y su papá eran vampiros, ésa me fue más que suficiente. No pude evitar imaginarme la escena donde el papá de Nadia le mordía el cuello a aquella pobre y le chupaba toda la sangre. ¿Y luego? ¿Qué pasaba luego con las víctimas? Yo estaba muy dispuesto a ser una víctima, así es que me era útil saber qué pasaba después. A lo mejor se convertían también en vampiros y se iban a vivir en comuna. A lo mejor, simplemente, morían.

Me preguntaba también por qué sería que Nadia no me había atacado aún a mí, habiendo tenido tantas oportunidades tan buenas. Me contestaba muy optimista yo que porque Nadia me quería; ya me lo había dicho pintado en la azotea. Y si me quería, entonces no podía hacerme daño. Aunque de todos modos, considerar la posibilidad de convertirme yo mismo en un vampiro no parecía descabellado. Ya había decidido desde hacía mucho que estaba dispuesto a hacer cualquier cosa por ella. Cualquier cosa.

Por lo pronto le escribí una carta diciéndole que no se preocupara más por Ramón, que mi hermano y Juliana se harían cargo de él. Vaya, no era un hecho muy seguro, pero yo sabía que si el problema era que Juliana lo aceptara, entonces no habría ningún problema. Le mandé la carta a la azotea, y en lugar de relleno de moneda le puse un dulce de leche de los que había traído mi tía Sarita de Sonora, que estaban muy buenos.

Al día siguiente volví a irme triste a la escuela. Y es que la azotea de la casa de Nadia había amanecido en silencio.

—Se me hace que me vas a tener que llevar de acompañante a mí —me dijo Pedro. No le había contado nada más sobre los detalles que me confirmaron que él había tenido razón. Sólo le dije que no había visto a Nadia, ni había hablado con ella ni nada.

—Tú estás invitado de todos modos, ya lo sabes —le dije a Pedro.

Pedro asintió; pero yo sabía que ser mal tercio no le gustaba a nadie. Yo sabía que Pedro no iría a la boda.

20

Era jueves y yo no tenía traje. Y ya había imaginado dos-cientas mil veces cómo iba a bailar jazz abrazado de Nadia mientras el mundo alrededor de nosotros desaparecía. Bueno, sí, ya dije que estaba cursi y qué.

Y ahora todo parecía indicar que tendría que ir solo a la boda de mi hermano.

—Mañana es la boda y tú no tienes traje, Sebastián —me dijo mi mamá. A mí para entonces me daba igual irme con un Armani o con una pijama, pero iban varias veces que mi madre había tratado de llevarme a comprar el tal traje. Y ya no había mucho tiempo, así es que me armé de la paciencia más franciscana que pude y nos fuimos a comprar el atuendo.

Yo quería uno negro. Sin Nadia, esa boda para mí era un evento luctuoso. Mi mamá me dijo que cómo negro, que a lo más, uno gris Oxford. Ni uno ni otro. Encontramos uno azul marino que fue motivo de consenso, y al que además, sólo había que subirle un poco el dobladillo.

El viernes no fui a la escuela. En realidad no había más pretexto que era la boda de mi hermano, y todos en la escuela lo sabían porque Juliana funcionaba como la United Press para propagar esa clase de noticias.

Tampoco había un mensaje de Nadia en la azotea. Empecé a preocuparme por ella. Y antes no había querido hacer un intento de buscarla, más por una especie de orgullo tonto que por otra cosa. Pero aquella mañana no pude aguantar más. Antes de ir por mi traje, pasé frente a su puerta y la golpeé con el aldabón. Esperé lo usual antes de escuchar cómo deslizaban la tranca. Era ella. Emití un muy notorio suspiro de alivio. Pero Nadia parecía triste e inquieta.

—Estaba preocupado por ti —dije—. ¿Recibiste mi carta?

—Sí. ¿A qué hora nos vemos?

—¡Ah! —dije contento—. ¡Sí vas a ir!

—Nosotros nunca rompemos nuestras promesas —dijo ella, sin especificar si "nosotros" éramos ella y yo, o ella y sus camaradas vampiros o ella y quién. Tampoco, en realidad, me había hecho la promesa de que iría a la boda. Pero nada en este mundo me podía hacer tan feliz en ese momento como saber que me acompañaría.

Esa noche era la más importante de mi relación con Nadia. Esa noche pensaba decirle que no me importaba que ella fuera rara, que viniera de otro sitio, que fuera distinta (no pensaba ser tan poco diplomático como para decirle "no me importa que seas un vampiro"). Le diría que estaba dispuesto a hacer todo lo que me pidiera, a seguirla a donde fuera.

Y es muy cierto que me sentía capaz de cometer cualquier locura. Es más, hasta estaba pensando en mis limitadas posibilidades de trabajar para mantenerla. Lo curioso era que lo estaba pensando muy en serio, y por otra parte, también estaba consciente de que era una insensatez; pero no me importaba.

Y menos me importó cuando la vi salir por la puerta esa noche. No es porque estuviera yo muy enamorado en ese momento, no es porque Nadia, a estas alturas de mi vida, sigue conservando un lugar importante en mis recuerdos. Esa noche Nadia era la niña más bonita del mundo.

Dicen que los recuerdos que se conservan a través de los años son recuerdos tramposos, pues lo que uno recuerda es la imagen de la última evocación que se hizo de ese recuerdo, y así sucesivamente hasta llegar a la imagen original. O sea, como copia de copia de copia del recuerdo. O como el teléfono descompuesto. No lo sé. Pero, según yo, la imagen de Nadia que vi esa noche permanece intacta en mi mente. Tal cual. Apareció con un vestido casi blanco. Largo, simple, sin ningún adorno. Ella tampoco tenía más adorno que unos aretes chiquititos. Pero es cierto que no necesitaba ninguna otra cosa. Los únicos contrastes con su piel blanquísima eran el pelo negro, que se había recogido en una especie de chongo bastante simple también, el rosa subido de sus mejillas y el rojo de sus labios. Nada más. En serio, podía haber estado en la portada de cualquiera de las revistas que leía mi hermana.

Sin embargo había algo que no opacaba, pero sí me hacía distraerme de su belleza. Y era que su semblante seguía pareciendo preocupado. Era claro que estaba inquieta. Yo no le pregunté nada, había planeado mi conversación para más adelante, tal vez bailando, o en algún balconcito que acaso hubiera en el salón que mi hermano y Juliana habían escogido.

Mis papás no se sorprendieron poco de verme aparecer por la casa con ella. Ellos creían que mi acompañante iba a ser Pedro. Y por supuesto que sucedió lo que yo me temía. Durante el trayecto hacia el salón, mis papás se encargaron de hacerle el clásico interrogatorio a Nadia, uno muy distinto al que yo pensaba hacerle. Nadia no tenía ganas de contestar qué estudiaba, ni qué tal le parecía la vida en la colonia, ni si le gustaba ir al cine ni nada de eso. Yo esperaba que tuviera un poco de mejor voluntad para contestar a las mías, que eran preguntas mucho más importantes, entre las cuales estaba a punto de incluir la de "¿Quieres casarte conmigo?".

Cuando entré al salón, llegué a pensar que Luis Esteban y Juliana me habían leído la mente. Era casi el mismo escenario donde me había imaginado el capítulo entre Nadia y yo. No existía el balconcito porque era una planta baja, pero en su lugar había un pequeño patio con una fuente de piedra, iluminado apenas por las luces de dentro del salón.

Y, no es por nada, pero en el momento que entré, muchos de los presentes voltearon a ver a mi acompañante con admiración. Pero ella parecía no percatarse de nada. Estaba ahí, pero sus pensamientos no. Ésos estaban en algún lugar muy, muy lejano. Ahora, recordando aquel momento, no sé cómo no me di cuenta de que ése era un lugar al que nunca me sería posible entrar. Entonces no lo sospechaba. Entonces estaba de necio, iba a llevar a cabo mis planes, y si Nadia me rompía el corazón ahí mismo, más valía una colorada que cien descoloridas (expresión cortesía de la tía Sarita).

En una de ésas tuve que pararme a saludar a unos parientes. Mi papá me dijo que mi amiga era muy bonita, pero parecía algo antipática, lo cual me hizo enemistarme con él de inmediato. Luego mi mamá me dijo lo mismo. Y sé que cualquiera me hubiera dicho lo mismo. Y yo no encontraba manera de justificarla, porque en realidad no tenía idea de lo que le estaba pasando.

Ni Nadia ni yo comimos gran cosa. Lo único que pasó fue que se acercó el mesero a preguntarnos qué queríamos beber, y yo, que quería aparentar ser un hombre de mucho mundo, le dije:

—Tráigame un martini, pero mezclado, no agitado.

Eso era lo que siempre tomaba James Bond. Cuando me lo trajeron lo probé y casi se lo escupo a mi amada en la cara. Aquella legendaria bebida sabía a loción para después de afeitar. Traté de ocultar mis gestos, pero supongo que Nadia se dio cuenta, porque me dirigió su primera (y única) sonrisa de la noche.

Nadia estaba nerviosa. Y yo, al notar eso, tal vez debí pensar en posponer mi plática seria. Pero me había costado mucho trabajo tomar la decisión, y no pensaba dejar pasar esa oportunidad. Tal vez fueron los tres tragos que le di al brebaje espantoso ese de James Bond los que me hicieron reafirmar el valor que traía, y cuando terminó la cena y el grupo comenzó a tocar de nuevo, hice mi primer movimiento:

—¿No quieres salir a tomar un poco de aire? —le dije a Nadia, y ella pareció agradecer mi sugerencia. Caminamos hacia el patio mientras yo rogaba que no hubiera nadie allí.

Nos sentamos en la fuente de piedra. Yo estaba nervioso, pero no tanto como las demás veces.

Fue ella quien, sorprendentemente, me ganó mi segundo movimiento. Me tomó de la mano.

—Hay algo que quiero decirte —dije.

Ella quedó a la expectativa. Apreté su mano con las mías. Nadia repartía sus miradas entre la entrada del salón y yo. Parecía como si estuviera esperando algo.

Tomé aire. Y las palabras salieron fácil, una tras otra, sin detenerse, sin atropellarse.

—Lo que quiero decirte es que estoy enamorado de ti. Ya sé que no nos conocemos mucho, pero sé que nunca había sentido esto, créemelo...

Nadia me interrumpió; colocó su dedo índice sobre mis labios, tal y como lo hizo en mi sueño, y me dirigió la más triste de sus miradas.

—Te creo.

No acababa de decirlo cuando ya su cara estaba a milímetros de la mía. Y entonces ocurrió. Mi primer beso. Es decir, mi primer BESO de verdad, así con mayúsculas.

Podría esforzarme para intentar describirlo, pero sé que es imposible. Quien lo haya vivido sabe de lo que hablo. Recuerdo sus labios que sentí fríos en el primer contacto y que después de unos segundos se entibiaron. Recuerdo mis dedos recorriendo la piel de su brazo. Recuerdo la música. En ese momento la banda de jazz estaba tocando una canción triste. Que parecía mucho más triste entonces.

Y recuerdo (y aún ahora me estremezco al hacerlo) las lágrimas corriendo por las mejillas de Nadia cuando nos separamos.

Ella me había dicho muchas cosas sin necesidad de usar palabras. Y por alguna razón yo sabía que esas lágrimas significaban una despedida.

Miró de nuevo hacia la entrada del salón, y esta vez dejó allí su mirada. Yo miré en esa dirección también. Ahí estaba su papá, helado como siempre. Nadia apretó mi mano una vez más, antes de pararse.

—No me olvides —dijo en un susurro.

Después caminó hacia el sitio donde estaba su papá. Yo me quedé en la fuente, mirando cómo se alejaban, mientras podía sentir, casi escuchar, la cuarteadura en mi corazón. Durante unos segundos me quedé allí, sentado en la fuente de piedra. Parecía que mi cuerpo estaba hecho de la misma piedra que la fuente. Un momento después reaccioné, me paré y corrí en un intento de alcanzarlos. Tenía que terminar de decirle a Nadia todo lo que sentía. Pero ya entonces sabía que era inútil. A lo lejos me pareció ver sus figuras. Seguí corriendo, lo más rápido que pude, mientras gritaba el nombre de Nadia. Pero parecía que ellos, en lugar de correr, volaban al ras del suelo. Aun así, recorrí una cuadra más hasta que las piernas y los pulmones ya no me permitieron dar un paso más. Entonces vi cómo las figuras de Nadia y su papá se desvanecían entre las sombras de la noche.

Grité su nombre por última vez a la soledad de la calle.

—No me olvides —me pareció escuchar de nuevo sus palabras.

—No necesitas pedírmelo. No te voy a olvidar en lo que me quede de vida.

Nadia ya no estaba allí, pero sé que, donde estuviera, pudo escucharme.

Regresé al salón, pero no quise hacer partícipes a los asistentes de la boda de mi pesar y, como las lágrimas estaban a punto de hacer su aparición, me fui directamente al baño. Me encerré en uno de los cubículos y ahí las dejé fluir, silenciosas. Cualquiera hubiera pensado que los cincuenta kilos que pesaba eran de pura agua. Y que cuando saliera del baño pesaría tres.

No sé cuánto tiempo estuve allí. Pero cuando salí, ya había empezado a vivir del recuerdo. Sabía que no me quedaba de otra.

Fui con la vocalista del grupo y le pedí la canción que había interpretado unos minutos antes. Tarareó algunas hasta que reconocí aquélla. Se llamaba *Summertime*.

El grupo la tocó una vez más. Yo le di otro trago al martini y me sentí de cuarenta años. Escuché la canción completa esforzándome por retener otra tanda de lágrimas que insistía en ponerme en evidencia. No saludé a ningún pariente más, creo que ni siquiera volví a abrir la boca durante toda la noche. El día más feliz de la vida de mi hermano fue el más triste de la mía.

No podría hacer una reseña de la boda de mi hermano de esas que salen en los periódicos en donde se describe el vestido de la novia y el menú. El menú apenas lo probé, y el vestido de Juliana ni lo vi. Lo que pasó después mis neuronas no lo registraron. Es como una laguna que duró hasta que volvimos a la casa, muy cerca ya del amanecer.

Yo no contesté qué había pasado con mi amiguita que había desaparecido, ni qué tal me pareció la fiesta. Simplemente me quité la corbata, me metí a mi cuarto y me asomé por la ventana, buscando alguna señal que de antemano sabía que no existiría.

Eran las cinco de la mañana cuando me anudé de nuevo la corbata y me puse los zapatos que caminarían, sin ninguna esperanza, aquellos ciento veinte pasos una vez más.

El aldabón descansaba tranquilo sobre una puerta entreabierta. Tranquilo yo también, me metí en la casa; al fin y al cabo, ya alguna vez había sido invitado. Todo permanecía igual, excepto la presencia de Nadia.

En una especie de ritual incomprensible, abrí todas las ventanas. Fui a la cocina a servirme un vaso de agua. Me senté en el sillón donde Nadia había dormido en mis brazos y dejé escapar mi última lágrima cuando los primeros rayos de luz inundaron la casa. Entonces salí y desanduve los ciento veinte pasos, con *Summertime*, aún, sonando en mi cabeza.

21

Pasó mucho tiempo antes de que me diera permiso de volver a pensar en Nadia y me resolviera a sacar de nuevo los pocos elementos tangibles que me había dejado.

Pero llegó el día en que pude ver su carta otra vez y esbozar una sonrisa al hacerlo.

Eso ocurrió hace un par de semanas, cuando empecé a contar esta historia, que terminó hace diez años.

Apenas ahora pude regresar a ese tiempo. Y, bueno. Tengo diez años más, se supone que debería de ser una persona madura. Creo que el proceso terminó apenas. Pero aún ahora, Nadia sigue siendo un misterio. Aún ahora me pregunto qué pasaría. Recién se fue, pensé que algo había tenido que ver la mujer del parque con su abrupta huida. Mis elucubraciones me llevaron a armar historias muy tenebrosas. Pero eran simplemente eso: historias. Quién sabe cuál sería la verdad. Tal vez el papá de Nadia no era vampiro, sino un simple agente viajero con hipotermia. Tal vez le tenía prohibido a su hija enamorarse y por eso la alejó de mí. Quién sabe. Me temo que nunca lo sabré.

De lo demás, se me ocurre que podría concluir como en las películas, diciendo, por ejemplo:

Luis Esteban y Juliana tuvieron dos bebés, niño y niña. Se mudaron a Querétaro y tienen una casita muy acogedora.

Ramón vivió feliz a su lado hasta que le vinieron los achaques de la edad y falleció tranquilamente en el patio de atrás.

Carmen terminó la carrera de letras y consiguió un empleo en un periódico de circulación nacional.

Pedro, como su irresponsable padre, estudió administración y se volvió un yuppie. Ahora maneja un BMW y no contesta llamadas personales.

De la mujer desaparecida del parque no volvimos a saber nada.

De Maggi tampoco.

Sebastián, de acuerdo con las predicciones de esta última, pasó de año, a pesar del examen extraordinario (teoría del básquetbol) al que lo mandó el profesor Germán. Nunca logró tocar el violín. Pero sí logró reparar su corazón; incluso tuvo un par de novias más, pero el recuerdo de Nadia permaneció indeleble en su memoria. Nunca volvió a saber nada de ella; es cierto que tampoco intentó investigar, pues algo le decía que cualquier búsqueda sería inútil.

Nunca olvidó aquel beso de la fuente de piedra.

Tampoco, aunque lo pensó mucho, logró definir si la historia de los vampiros fue cierta o sólo fue una trampa de su imaginación.

Sólo una parte más de ese sueño frenético que es el primer amor.

M. B. Brozon

Nació en la ciudad de México. Desde muy pequeña comenzó a escribir, pero no fue sino hasta que creció un poco cuando publicó su primer libro, con el que ganó también su primer premio. Hoy tiene en su haber ya más de quince libros, tan exitosos, que se ha convertido en una de las autoras mexicanas más importantes de la literatura infantil y juvenil de nuestro país. En esta casa editorial ha publicado *Historia sobre un corazón roto... y tal vez un par de colmillos*, *Memorias de un amigo casi verdadero* y *El vértigo*. Si quieres saber de M. B. Brozon o ponerte en contacto con ella, visita su página de Facebook: M. B. Brozon.

Aquí acaba este libro
escrito, ilustrado, diseñado, editado, impreso
por personas que aman los libros.
Aquí acaba este libro que tú has leído,
el libro que ya eres.